Christine Bertolasi
Taubentanz

Ein Buch über Bestimmung, Sehnsucht und große Gefühle.

Eine Ode an die Freiheit, eine Liebeserklärung an das Fliegen, erzählt aus Sicht einer jungen Wiener Hochflugtaube, namens CLOUDY...

Über den Autor

Christine Bertolasi geboren in Wien
Passionierte Taubenzüchterin
Tänzerin auf dem Eise
Schon seit frühester Kindheit der Faszination Natur erlegen...
Studium der Biologie

Christine Bertolasi

TAUBEN TANZ

Impressum :

Autor : Christine Bertolasi
Titel : TAUBENTANZ
Titelbildillustration : Sonja Planka
Fotografie : Christine Bertolasi
Herstellung und Verlag :
BoD – Books on Demand, Norderstedt
ISBN 978-3-7357-3977-3

© 2014 Christine Bertolasi

Für all Jene, die meiner Taube

Flügel verliehen haben...

Für meinen Taubenzüchterkollegen und Schwiegervater Josef, der mir einst die Augen geöffnet, für Schönheit, Anmut und Edelmut dieser Gestalten des Lichts.

Er möge mit ihnen fliegen!

UND für meine Taube des Herzens,
CLOUDY

Wo auch immer Du Dich gerade befindest...

GEBURT

Eingezwängt in wärmende, wohlige Dunkelheit –
Das sind meine ersten Erinnerungen.

Ich fühlte, es war soweit, ich musste die schützende Schale durchbrechen und der Welt "Da Draußen" entgegentreten. Ich nahm all meine Kraft zusammen. Dann noch ein wenig Nacharbeit mit dem Schnabel und es war vollbracht:

Die ersten Sonnenstrahlen berührten und liebkosten mein Gesicht. Ich konnte zwar meine Umgebung noch nicht wahrnehmen, aber ich spürte das hell, leuchtende Blinzeln der Sonne ganz deutlich in meinem Gesicht. Gleichzeitig aber durchfuhr ein Schauer meinen kleinen Körper. Es war noch kalt, so früh am Morgen und das schützende, wärmende Gefieder meiner Mutter bedeckte mich nur teilweise. Ich verkroch mich tiefer in den wohligen, wärmenden Flaum und schlief nach der großen Anstrengung sofort ein. Süße Träume verschönten mir die Ruhe.

- Ich träumte, zu gleiten, hoch über allen Wolken, kaum noch sichtbar von der Erde. War DAS schön ! Ich stieg in den tiefblauen Äther auf und badete im gleißenden Schein, der schwindenden Sonne -

Danach folgte ein traumloser Schlaf in völliger Finsternis, bis mich der Hunger weckte. Den Schlupf meines Bruders hatte ich wohl verschlafen, denn neben mir regte sich plötzlich ein zweites, hilfloses Wesen und verlangte ebenfalls nach Futter, das wir auch sogleich bekommen sollten. Wir rissen die Schnäbel weit auf, um so viel, wie möglich, zu erhaschen und schliefen satt und zufrieden, umgeben von wohliger Wärme, ein. Tage später konnte ich nun endlich meine Augen öffnen und meine Umgebung erforschen. Etliche Tauben umringten mich, Wiener Hochflugtauben nannten wir uns, wie ich später erfahren sollte. Unser zu Hause war aus Lärchenholz gezimmert und an der Wand befanden sich verblichene, hellblaue Sitzbretter.

Eine große Futterschüssel aus Holz befand sich in der Mitte und gegenüber davon stand eine blaue Wasserschüssel. Den Ausblick nach Draußen versperrte ein Gittergeflecht, aber von hier unten, wo meine Eltern sich zur Brut niedergelassen hatten, konnte ich ohnehin nicht viel sehen. Viel Platz hatten wir nicht gerade, aber es war trocken und sauber und für Futter und Wasser wurde ebenfalls gesorgt.

Wir waren geboren, um zu fliegen, um einzutauchen ins grenzenlose Blau des Himmels und dann in halsbrecherischem Flug zu unserem Heimatschlag, so nannten die Menschen unser zu Hause, zurückzukehren. Das war unsere Bestimmung und auch ich würde Sie erfüllen !

Endlich konnte ich auch das gütige Antlitz meiner Mutter, Nebula, erkennen. Majestätisch stand sie da vor mir. Ihre Federn glänzten samtig im Licht. Der Körperbau meiner Mutter war elegant und anmutig, ihr Federkleid strahlte weiß, einzig ihre dunkel umrandeten Augen hoben sich deutlich vom hellen Gefieder ab. Ihre lebhaften, hellen Augen beobachteten mich wohlwollend.

Auch meinen Vater, Phoebus, sollte ich in Kürze kennen lernen. Er sah so ganz anders aus, als meine Mutter. Sein Körperbau war kräftiger, als der Ihre, und das Gefieder schimmerte stahlblau. Sein Blick war durchbohrend, wie Der, eines Adlers, und es wurde stets still im Schlag, wenn er auf der Bildfläche erschien.

Viele Gedanken schossen mir durch den Kopf: Wie würde ich wohl aussehen, als Erwachsener, wie, mein Bruder? Würde in uns die Grazie und Eleganz unserer Mutter oder die geballte Kraft unseres Vaters weiter leben? Wann würden wir den ersten Flügelschlag ins Azurblau des Himmels wagen? Von den vielen Gedanken erschöpft, schloss ich erneut meine Augen und schlief beschützt und zufrieden im wärmenden Flaum meines Vaters ein.

So ging Das nun eine ganze Weile. Wir wurden gefüttert, wenn wir hungrig waren und fielen danach in tiefen Schlaf. Von Tag zu Tag wurden wir kräftiger und stärker, und unser Betteln nach Futter wurde immer eindringlicher. Schnell wuchsen wir zu kräftigen und gesunden Jungtauben heran Mein Bruder glich meinem Vater immer mehr, doch ich konnte mir noch kein richtiges Bild von meinem Aussehen machen, da ich mich nirgends sehen konnte. Mit der Zeit kamen unsere Eltern nicht mehr so regelmäßig, um uns mit Futter zu versorgen - sie meinten wohl, dass es jetzt an der Zeit wäre, langsam selbstständig zu werden. Also wagten wir eines Tages, vom Hunger getrieben, den Weg zur Futterschüssel. Gar wunderliche Körner breiteten sich dort vor unseren Augen aus:

Grüne, hell- und dunkelbraune Kügelchen, größere, gelbe, nicht ganz kugelförmige Gebilde, schwarz- weiß gestreifte, längliche Kerne, dünnere, hellbraune, längliche Kerne und Einiges mehr.

Mein Bruder musste es natürlich gleich mit einem von diesen gelben "Riesendingern" probieren. Er konnte wieder einmal nicht genug kriegen. Und er scheiterte kläglich. Mehrmals versuchte er das Korn mit seinem kleinen Schnabel zu erhaschen, doch es schien unmöglich! Sehr zur Belustigung der restlichen Taubenschar versuchte er es wieder und wieder. Doch das Einzige, das ihm gelang, war ein neuer Rekord im "Körnerweitschieben". Entmutigt und enttäuscht gab er schließlich auf. Nun war ich an der Reihe. Ein mulmiges Gefühl bemächtigte sich meiner Magengegend - War das der Hunger oder waren das die neugierigen Blicke der restlichen Schlagbewohner, die in diesem Moment alle auf mir ruhten. Doch ich war bescheidener, als mein Brüderlein und versuchte es zuerst einmal mit einem winzig, kleinen Korn und siehe da, es funktionierte! Ab diesem Zeitpunkt stürzte ich mich auf all die winzig, kleinen Körner, bis keine mehr da waren. Mein Hunger war nun zumindest halbwegs besiegt.

Doch nun bemächtigte sich ein anderes, unangenehmes Gefühl meiner Kehle. Ich hatte Durst. Der Weg zur Wasserschüssel war kein leichter. Ich musste auf die andere Seite des Schlages gelangen, an all den anderen Tauben vorbei. Mein Herz klopfte, ich meinte, dass das dumpfe Pochen von Jedem im Schlag gehört werden musste. Doch der Durst wurde immer stärker und trieb mich voran.

Und so hatte ich es bald geschafft. Ich stand vor einer blau glasierten Schüssel, gefüllt mit glasklarem, herrlichem Wasser. Doch als ich meinen Kopf über den Rand der Schüssel streckte, hielt ich plötzlich inne. Wer war diese wunderschöne Taube, die vom Aussehen so sehr meiner Mutter glich? Ich bewegte meinen Kopf von links nach rechts, von oben nach unten - Die Taube in der Wasserschüssel tat das Gleiche! Ich konnte es kaum fassen! Das war ich!!!

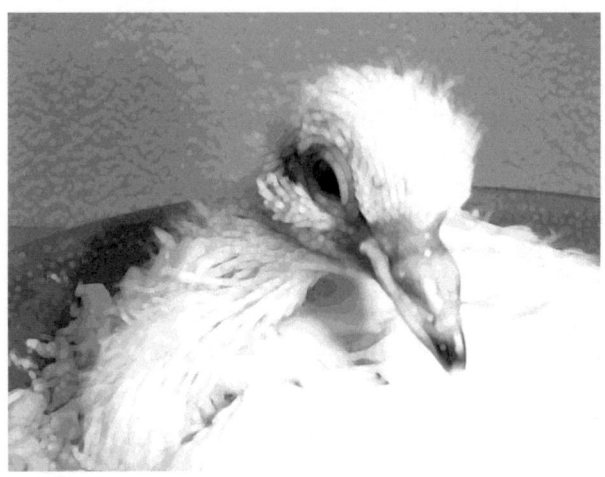

Ein warmes Glücksgefühl durchströmte meinen Körper und vor lauter Aufregung wäre ich fast wieder gegangen, ohne auch nur einen einzigen Tropfen getrunken zu haben. Gerade noch rechtzeitig verspürte ich das dringende Bedürfnis nach Wasser und trank drei, große Schluck. Mit stolz geschwellter Brust kehrte ich zu meinem Sitzplatz zurück und ermutigte meinen Bruder, die "Sache mit dem Fressen" noch einmal zu probieren. Dieser aber saß entmutigt und hungrig in einem Winkel des Schlages und rührte sich keinen Zentimeter.

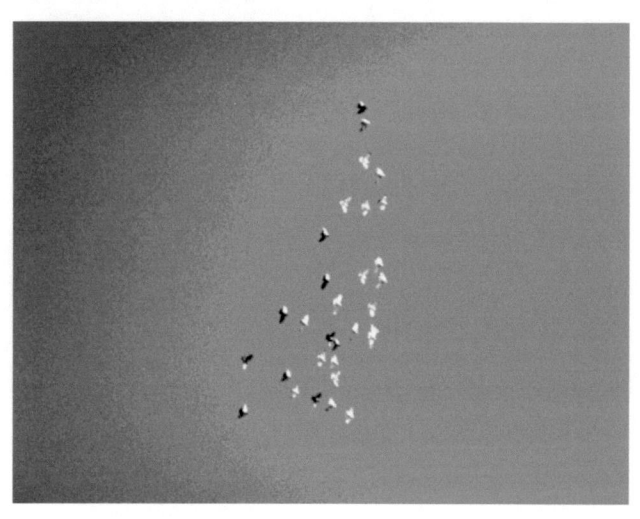

ALLEINE

Die Dunkelheit brach schnell über uns herein und das fahle Licht des Vollmondes zog lange Schatten. Dies sollte für uns die erste Nacht werden, die wir ohne die beschützende Nähe unserer Eltern, ganz alleine, verbringen mussten. Mein Bruder kauerte immer noch in einem Eck des Schlages, den Kopf fest gegen die Holzblanken gedrückt. Dort würde er wohl die heutige Nacht verbringen. Ich hatte einen Sitzplatz, ganz unten im Schlag ergattert, wie es einer Jungtaube eben zustand. Unsere Eltern, die saßen ganz weit oben, bei den Alten und Weisen. Fast schon war ich eingeschlafen, da weckten mich gar seltsame Geräusche aus dem Halbschlaf. Das Trippeln kleiner Füße und das Nagen kleiner Zähne um gab mich und schwoll zu unerträglicher Lautstärke an. Der Vollmond schien direkt in mein Gesicht. Er grinste mir zu, hämisch und zugleich bedrohlich. Eisige Kälte strömte von Draußen herein und die Angst schnürte mir die Kehle zu. Ich fühlte mich so einsam und hoffte inständig, dass mich das Morgengrauen bald von meinem Albtraum erlösen würde. Den Kopf tief in die Federn gesteckt, schlief ich dann doch endlich ein und erwachte, als mich die ersten Sonnenstrahlen im Gesicht wach kitzelten.

Angst und Schrecken der letzten Nacht fielen von mir ab, wie der letzte Nebelschleier im Morgengrauen, der der Kraft der Sonne weichen muss. Ich streckte meine müden, ausgekühlten Glieder in den ersten Strahlen der aufgehenden Sonne.

Wie froh war ich, dass diese dunkle, bedrohliche Finsternis endlich dem Morgenrot gewichen war! Mein erster Blick ging in den Winkel, in dem mein Bruder eingeschlafen war. Er saß noch immer dort, unbeweglich und starr. Ich musste ihm heute unbedingt helfen. Wenn er weiter so regungslos dasaß, ohne zu essen und zu trinken, würde er bald verhungern. Nachdem ich mich selbst gestärkt hatte, um wieder zu Kräften zu kommen, machte ich mich auf den Weg zu meinem Bruder. Zu zweit würde er den Weg zur Futterschüssel vielleicht erneut wagen. Es brauchte nicht viel, um ihn zu überreden, denn er war hungrig und durchgefroren. Ich zeigte ihm die passenden Körner und nach 1, 2 misslungenen Versuchen verschwanden auch bei ihm die kleinen Körner hastig im kleinen Schlund. Zufrieden und satt kehrten wir zu unseren Sitzplätzen zurück und verharrten der Dinge, die noch auf uns zukommen würden.
Die Nächte kamen und die Tage vergingen. Die bleierne Müdigkeit des Müßigganges und der Langeweile bemächtigte sich unserer Gedanken und unseres Seins. War Das Alles?

Waren wir DAFÜR geboren worden?

Was war aus meinen wunderschönen Träumen, vom strahlenden Blau, irgendwo, weit weg von hier, geworden?! Die Wochen verrannen, wie Sand in einer Sanduhr, und wir wurden kräftiger und kräftiger. Immer neue Federn wuchsen und unser Federkleid wurde dichter und dichter, bis auch die letzten kahlen Stellen, unter unseren Flügeln, von samtig, glänzenden Federn bedeckt waren.

Eine neue Nacht neigte sich dem Ende zu und ich erwachte früher, als gewöhnlich. Etwas Sonderbares geschah in unserem Schlag. Das aufgeregte Gurren der Ältesten hatte mich aus meinen Träumen geweckt. Tausende Stimmen schienen mir zuzuflüstern: Heute ist es soweit! Heute ist Dein großer Tag! Aufgeregt und gespannt verweilte ich auf meinem Platz und wagte nicht einmal den Weg zur Futterschüssel, um ja nichts zu versäumen. Endlich kamen auch meine Eltern zu mir, um mich aufzuklären, worum es nun eigentlich ginge. Heute würden mein Bruder und ich, und all die anderen Jungtauben, in einer feierlichen Zeremonie, ihre Namen erhalten, so hatten es uns zumindest unsere Eltern erklärt. Doch zuerst galt es, die Hürde des ersten Fluges zu überwinden und wohlbehalten zum Schlag zurückzukehren. Heute würden wir erstmals den Wind unter unseren Schwingen spüren, wenn wir zu unserem ersten Erkundungsflug aufbrechen würden. Was für ein Tag. Die Aufregung war deutlich zu spüren. Erinnerungsfetzen aus meinen Träumen durchzuckten meine Gedanken. Ich fühlte die Anspannung bis in die äußerste Flügelspitze.

DAS war DER Tag, auf den wir Alle so lange gewartet hatten.

DER FLUG

Die Sonne stand nun schon höher am Himmel und ich fühlte deutlich ihre immer stärker werdende Kraft. Da, plötzlich wurde der vordere Gitterteil des Einfluges, eine Art Gitterkäfig, der vor unserem Schlag angebracht war, von außen geöffnet und die ersten Tauben hüpften auch schon hinaus in die Freiheit. Sie stießen sich kraftvoll ab und schossen mit kräftigen Flügelschlägen hinauf ins unendliche Blau. Ich saß einfach nur da und staunte. Ich wäre wahrscheinlich noch eine halbe Ewigkeit hier sitzen geblieben, doch das sanfte Drängen meiner Mutter forderte mich auf, meine Träume Wirklichkeit werden zu lassen und den Schlag zu verlassen. Ich sprang also zum ersten Mal in den Einflug, von dem aus ich meine Umgebung deutlich erkennen konnte. Die Alttauben kreisten schon in grenzenloser Höhe. Einige Jungtauben saßen schon draußen und beobachteten gespannt mein Zögern und Zaudern. Mein Herzschlag wurde immer lauter und intensiver, er erfüllte meinen Kopf mit einem Dröhnen und auch meine Kehle war wie zugeschnürt. Die nahende Erfüllung all meiner Träume lähmte meinen Körper. Doch plötzlich, als ich meinen Kopf nach oben neigte und die anderen Tauben im Blau dahin gleiten sah, wusste ich:

Es war auch meine Bestimmung und heute war der Tag, Ihr zu folgen !

Ich atmete einmal tief durch, begann meine Flügel auf und ab zu schwingen und plötzlich verlor ich den Boden unter meinen Füßen. Nahezu schwerelos glitt ich durch die Lüfte. Meine Flügel brachten mich höher und höher und die restlichen Jungtauben, die immer noch den Schlag erkundeten, blieben weit unter mir, als kleine, kaum noch sichtbare Punkte, zurück. Nun sah ich zum ersten Mal mein zu Hause von Oben. Das Dach des Schlages war rot eingedeckt, das des naheliegenden Wohnhauses, war schwarz. Der Garten war von einem Bretterzaun umgrenzt und vor dem Wohnhaus breitete sich eine große, schillernde Wasserfläche aus, die in allen Farben des Regenbogens schimmerte und glänzte. Es war wichtig, sich solch kleine Details einzuprägen, denn nur so konnte ich sicherstellen, den Weg zum Schlag, zu Futter und Wasser, selbst aus größter Höhe, wiederzufinden. Ich tanzte einen einsamen Tanz, schraubte mich in immer enger werdenden Achtern und Schleifen höher und höher ins Himmelszelt empor und merkte zuerst gar nicht, WIE HOCH ich schon aufgestiegen war. Mein zu Hause war von hier oben nur mehr mit größter Mühe auszumachen und die Luft wurde kälter und dünner. Fasziniert und angezogen vom gleißenden Licht der Sonne tauchte ich tiefer und tiefer in die Einsamkeit und Stille des gewaltigen Blaus ein, das mich umgab. Ich tauchte durch Wolkenfetzen, die wie ein kalter Lufthauch über meine Federn glitten. Ich taumelte fast vor Glück. Die Magie des Fliegens hatte sich meiner bemächtigt und würde mich wohl für den Rest meines Lebens nicht mehr loslassen. Die Sonne sank langsam tiefer und tiefer und unter mir legte sich Dunkelheit über die Erde. Ich war immer noch geblendet und benommen vom Schein der Sonne, die mein Federkleid in goldenes Licht tauchte. Doch nun wich die Begeisterung der Ermüdung. Meine Schwingen begannen zu schmerzen und meine Luftsäcke ächzten bei jedem Atemzug. Meine Sinne kehrten zu mir zurück und mit Ihnen, die Angst. WO war ich?! Mein Heimatschlag war schon in den Mantel der Abenddämmerung gehüllt, sodass ich kaum mehr erkennen konnte, wohin ich fliegen sollte. Erst jetzt begriff ich, was ich getan hatte. Die Faszination des Gleitens und der Schwerelosigkeit hatte von mir Besitz ergriffen und mich verführt. Jetzt war ich ganz alleine, im Nirgendwo. Ich versuchte angestrengt zu lauschen, ob ich die Flügelschläge der Ältesten irgendwo hören konnte - Doch nichts: Nur das Rauschen des Windes in meinem eigenen Federkleid. Panik stieg in mir auf und die Verzweiflung machte es unmöglich, auch nur einen einzigen, vernünftigen Gedanken zu fassen. Fast hätte ich mich im Sturzflug fallen gelassen, was aus dieser Höhe sicherlich meine letzte törichte Tat gewesen wäre. Doch plötzlich ertönte neben mir ein ohrenbetäubendes Pfeifen. Ich wandte den Kopf zur Seite, und ihr könnt euch meine Erleichterung vorstellen, als ich die Ältesten erblickte, die sich gerade der Erde entgegen gleiten ließen. Ich schloss mich der Gruppe an und zusammen erreichten wir gerade vor Einbruch der Dunkelheit unser zu Hause.

Die übrigen Jungtauben hatten ihren ersten Erkundungsflug längst beendet und saßen schon auf ihren Sitzbrettern. Sie starrten mich mit ungläubigen Blicken an. Auch mein Bruder hatte schon seinen Sitzplatz eingenommen, doch, als er mich sah, hüpfte er mir freudestrahlend entgegen.

"Wo warst du denn so lange? Wir haben uns solche Sorgen gemacht!"

sprudelte es aus ihm hervor. Doch ohne seine Fragen zu beantworten, ging ich schnellen Schritts zu meiner Mutter. Ich sollte ja heute meinen Namen erhalten, der mich auf all meinen zukünftigen Flügen begleiten würde. Ich trat vor das gütige Gesicht Nebulas, die mich, mit vor Kummer und Sorge zerfurchter Stirn, anstarrte. Mein Vater schwang sich nun ebenfalls zu mir herab und machte unsere kleine Familie komplett.

CLOUDY

Nun konnte die Zeremonie der Namensgebung beginnen. Die tiefe Stimme des Ältesten ließ das Gurren und Wispern endgültig verstummen.

"Heute ist einer der wichtigsten Tage, im Leben von Euch, Jungtauben! Heute sollt ihr Eure Namen erhalten. Sie werden Euch begleiten, in die Weiten des unendlichen Blaus, ins gleißende Licht der Sonne und manchmal auch in die Fänge des Bösen!"

Ein Raunen ging durch die Menge und mein Bruder wisperte mir sorgenvoll zu:

"Was meint er nur damit? Welche Bedrohung lauert da draußen, die uns bislang verschwiegen wurde?"

Schlagartig erinnerte ich mich an das durchdringende Geräusch knabbernder und scheuernder Zähne, das ich in jener Vollmondnacht vernommen hatte und ein Schauer durchfuhr meinen Körper.

"Doch nun zum wichtigsten Teil des heutigen Abends, der richtigen Namensfindung für Jeden von Euch",

donnerte der Älteste und Alles lauschte gespannt. Jeder einzelne wurde nach Vorne gerufen und mit einem Namen bedacht, der mehr oder weniger gut zu ihm passte. Als nächstes kam mein Bruder an die Reihe. Ehrfürchtig schritt er vor den Ältesten, neigte sein Haupt und wartete auf dessen Worte.

"Aeolus sollst Du Dich von nun an nennen.
Du hast bei Deinem ersten Erkundungsflug dem Wind getrotzt und bist trotz einer starken Böe wieder sicher auf dem Schlagdach gelandet. Dieser Name soll Dich begleiten, auf all Deinen Wegen, die Du noch beschreiten wirst!"

Aeolus erhob den Kopf, seine hellen Augen blitzten und langsam und würdevoll schritt er zu seinem Platz zurück. Ich war die Nächste. Mein Körper bebte und in Gedanken stellte ich mich schon auf eine gewaltige Strafpredigt des Ältesten ein, weil ich alleine aufgestiegen war, doch es sollte ganz anders kommen:

Ich trat also gesenkten Hauptes vor und hielt den Atem an. Die Sekunden wurden zu Minuten und die Minuten fühlten sich an, wie Stunden. Doch endlich, nach langer Zeit Ehrfurcht einflößenden Schweigens, sprach er zu mir:

" Cloudy sollst Du Dich vom heutigen Tage an nennen. So, wie die Wolken, die Du heute so furchtlos hinter Dir gelassen hast.

Du bist Deiner Bestimmung gefolgt, den Strahlen der Sonne entgegen zugleiten und bist Eins geworden mit der unendlichen Weite.

Cloudy, trage Deinen Namen stets mit Stolz und Ehre. Dir soll als Zeichen der Anerkennung eine besondere Belohnung zuteilwerden. Nächstes Mal darfst nur Du, als Einzige, der jungen Tauben, mit uns fliegen."

Fassungslos blieb ich in der Mitte stehen, ich schloss meine Augen, um diesen Moment tief in meinem Herzen einzuschließen. Erst dann wandte ich mich mit stolz geschwellter Brust dem Rückweg zu. Meine Eltern und Aeolus empfingen mich in deren Mitte. Stolz und Freude ließen ihre Augen erstrahlen.

Ein aufregender Tag neigte sich dem Ende zu und die Dunkelheit begann sich mit langsamen Schritten ins Innere des Schlages zu schleichen. Noch waren alle sehr aufgeregt und eifriges Gurren drang aus allen Ecken und Winkeln. An Nachtruhe war heute kaum zu denken. Doch schon bald ergriff die Müdigkeit Besitz von uns und wir suchten, einer nach dem anderen, unsere Sitzbretter auf. Nach einiger Zeit verstummte selbst das letzte Gurren und alle Schlagbewohner schliefen friedlich ein.

STURM

Am nächsten Morgen erwachte ich, später, als gewöhnlich, doch, wie sich herausstellen sollte, hatte ich nichts versäumt - Bleierne Wolken bedeckten den kompletten Himmel, der in ein unheilvolles Blaugrau getaucht war. Ans Fliegen war heute gar nicht zu denken. Gegen Mittag senkten sich die Wolkenberge noch tiefer zur Erde hinab, es wurde dunkler und dunkler. Da, plötzlich war das Platschen einiger, vereinzelter Regentropfen auf dem Schlagdach zu hören. Doch den wenigen Vorboten folgte mehr und mehr, bis es so stark regnete, dass nichts mehr außerhalb des Schlages zu erkennen war. Mich fröstelte. Ich zog meinen Kopf in die aufgeplusterten Federn meines Körpers ein und verharrte so ein Weilchen. Fast hätte mich die süße Macht des Schlafes übermannt, doch plötzlich zerriss ein grelles, zuckendes Licht die Finsternis, gefolgt von ohrenbetäubendem Grollen, das das Schlaginnere erbeben ließ. Ich zuckte zusammen und sah sofort, hilfesuchend, zu meinen Eltern. Diese warfen mir einen beruhigenden Blick zu und ließen mich wissen, dass es sich hierbei nur um ein sogenanntes "Gewitter" handelte, eine Laune der Natur.

Nach meinem gestrigen Ausflug fühlte ich mich so unbesiegbar und so überlegen. Doch schon heute wurde ich eines Besseren belehrt. Ich musste feststellen, dass ich nicht einmal den Funken einer Ahnung hatte, was sich da draußen wirklich abspielte. Immer mehr Blitze zuckten aus dem mit Wolken verhangenen Himmel und tauchten die Umgebung in grelles, weißes Licht. Das Grollen des Donners ließ die Erde abermals erbeben. Sintflutartig ergossen sich die Wassermassen und zu allem Überfluss kam nun auch noch ein Sturm auf, der das kalte Nass in Fontänen ins Schlaginnere peitschte. Nass und durchgefroren saßen wir auf unseren Sitzbrettern. Das Pfeifen und Toben des Sturmes wurde stärker und stärker. Kaum noch war es uns möglich, unser eigenes Wort zu vernehmen. Das Unwetter schien nun langsam seinen Höhepunkt zu erreichen. Eine besonders heftige Böe ließ den Schlag erzittern, für den Bruchteil einer Sekunde begann er, durch die gewaltige Kraft des Windes, zu kippen. Mein Herz schien auszusetzen und ich wagte kaum noch zu atmen. Das Heulen des Windes schien nun von allen Seiten zu kommen. Ohrenbetäubend und tosend. Endlich wurde es ein wenig stiller und unser Schlag landete wieder mit allen Stehern auf dem Boden. Ein Seufzen der Erleichterung ertönte und auch ich wagte endlich wieder zu atmen.

So schnell das Unwetter über uns hereingebrochen war, so schnell war es auch wieder vorbei und die ersten Sonnenstrahlen bahnten sich ihren Weg durch die bleierne Finsternis. Spät war es geworden und das eben erst wieder gewonnene Tageslicht musste schon bald der Dämmerung weichen.

Da ich den letzten Tag die meiste Zeit im Halbschlaf dahin gedöst hatte, wachte ich am nächsten Morgen besonders früh auf. Der neue Tag sandte mir gerade das erste, zaghafte Licht entgegen und ich erkannte, dass wohl ideale Flugbedingungen herrschen würden. Der Himmel war klar, keine einzige Wolke trübte das Blau und es blies nicht einmal der Hauch eines Lüftchens. Aufgeregt wartete ich auf meinem Sitzbrett, bis all die Anderen aufwachten. Ich hoffte, dass die Ältesten heute ihr Versprechen einlösen würden und mich in die grenzenlose Weite mitnehmen würden.

So sollte es dann auch geschehen.

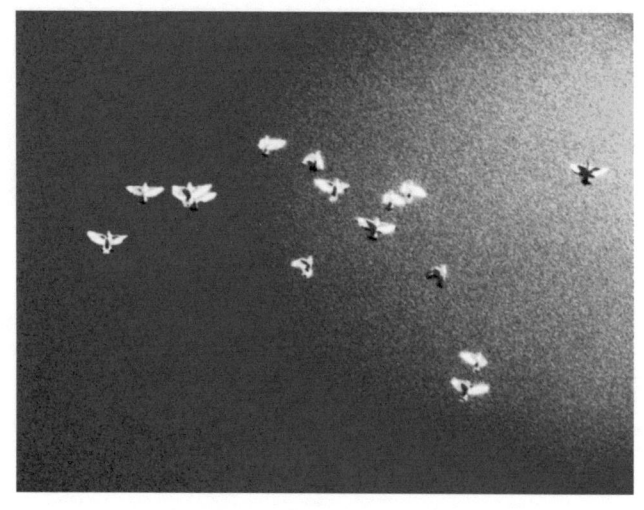

Geboren, um zu schweben, zu entschweben, geboren NUR für diesen Moment!

GRENZENLOSE WEITE

Der Einflug wurde abermals von außen geöffnet und ich durfte heute tatsächlich, schon bei meinem zweiten Freiflug, als Mitglied der alten Truppe, mitfliegen. Das war eine große Ehre für mich, denn andere Tauben mussten monatelang warten und ihre Flugkünste erst zig fach beweisen, bis sie die Ältesten begleiten durften. Meine Eltern nahmen mich in deren Mitte. Wir stießen uns gemeinsam vom Einflug ab, ein paar kräftige Flügelschläge und wir schwebten weit oberhalb des Schlages. Meine Eltern wiesen mir den richtigen Weg.

Einmal stiegen wir, im Kreis fliegend, auf, dann wieder zogen wir große Schleifen und Achter und schraubten uns in immer größere Höhen empor. Futter und Wasser, zu Hause und Geborgenheit, Aeolus und all die anderen Jungtauben begannen aus meinem Sichtfeld und aus meinen Gedanken zu entschwinden. Mein Kopf war nun frei, frei, um einzutauchen in die grenzenlose Weite des Azur farbenen Blaus, der Sonne entgegen, auf einem gleißend, hellen Lichtstrahl, bis in alle Ewigkeit. Ein Stück schraubten wir uns noch hinauf, bis wir auch die letzten, schmutzig wirkenden Dunstschleier hinter uns gelassen hatten. Nun war der Erdboden endgültig aus unserem Sichtfeld verschwunden. Um uns nur mehr atemberaubende, berauschende Weite. Meine Vision, aus frühester Kindheit, schien wahr geworden! Ich genoss die unendliche Freiheit, mich in solchen Höhen fortbewegen zu dürfen. Nur wenigen Vogelarten war es vorbehalten, hier zu fliegen und somit zu einem Teil des Unfassbaren zu werden. Dennoch war ich froh, nicht alleine hier zu sein. Der Schutz der Ältesten war allgegenwärtig - ich fühlte mich sicher und behütet. So konnte ich die Faszination des Fluges völlig angstfrei genießen. Mein Körper entspannte sich, ich breitete die Flügel aus und glitt dahin in Schwerelosigkeit. Das Leuchten der Sonne wurde immer intensiver, doch sie verlor stetig an Kraft, je höher wir aufstiegen. Geblendet vom Strahlen und benommen vom Glück des Gleitens schloss ich meine Augen und ließ mich treiben. Bis mich eine plötzliche Windböe aus meinen Träumen riss. Ich öffnete die Augen und musste feststellen, dass ich von der Gruppe abgedriftet war. Panik durchfuhr meinen Körper und ich trachtete danach, so schnell, wie möglich, zurückzukehren. Gegen den Wind zu fliegen stellte in dieser Höhe eine enorme Anstrengung dar. Die Luft war hier kalt und erbarmungslos. Sie ließ kleine Äderchen meiner Luftsäcke platzen und der Geschmack von Eisen breitete sich in meinem Schnabel aus. Die Schmerzen, die das Atmen jetzt verursachte, raubten mir beinahe den Verstand - Doch ich schaffte es. Ein Flügelschlag noch und ich war zurück, in Mitten meiner Beschützer. Diesen war mein kleiner Ausflug nicht entgangen und deshalb beschlossen sie, zum Schlag zurückzukehren. Dankbar und erleichtert ließ ich mich im Schutze der Truppe der Erde entgegen gleiten. Noch immer waren wir umhüllt vom endlosen Blau. Wir zogen Achter und Schleifen und ließen uns immer tiefer sinken. Fast schwerelos schienen wir dahinzuschweben. Die einzigen Geräusche hier oben waren das Pfeifen des Windes und die Flügelschläge der Ältesten. Sonst umgab uns absolute Stille - Eine Stille, wie ich sie auf Erden noch nie erlebt hatte. Langsam kehrten die ersten Umrisse der Welt "Da Unten" wieder in unser Sichtfeld zurück - Zuerst undeutlich und verschwommen, dann immer schärfer - Bis ich meinen Heimatschlag deutlich erkennen konnte.

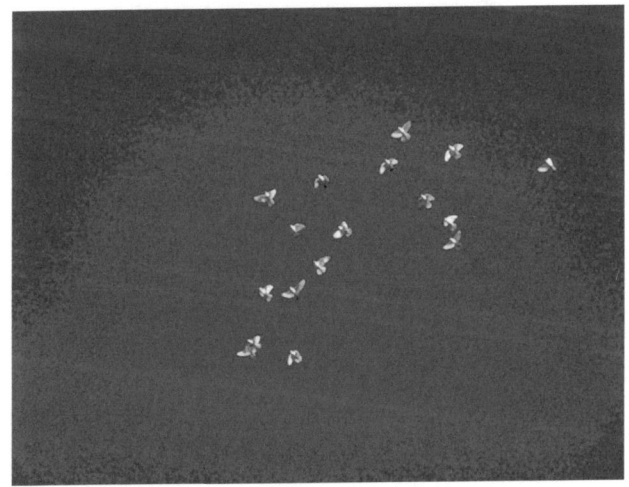

- Ich träumte, zu gleiten, hoch über allen Wolken, kaum noch sichtbar von der Erde - War Das schön! Ich stieg in den tiefblauen Äther auf und badete im gleißenden Schein, der schwindenden Sonne -

DIE GEFAHREN DER LÜFTE

Die Gefahr war überwunden, so dachte ich wenigstens, doch die Ältesten mahnten mich gerade hier zur Vorsicht

- Im Gleitflug, neben mir schwebend, warnten sie mich eindringlich vor der Gefahr, die hier lauern konnte. Berauscht von der Nähe zur Sonne und von der Glückseligkeit des Gleitens vergaßen gar viele Tauben, auf die lauernden Gefahren der Lüfte zu achten. Gerade beim "Wiedereintritt", so nannten die Ältesten den Moment, in dem wir Tauben unseren Schlag erstmals wieder erkennen konnten, war der gefährlichste Moment des ganzen Fluges. Sogenannte Greifvögel lauerten in dieser Höhe, ausgestattet mit spitzen, tödlichen Krallen, die sie uns Tauben, mitten ins Herz rammen wollten, da wir als Lieblingsmahlzeit auf deren Speisekarte ganz oben standen. Bei dieser schrecklichen Vorstellung durchzuckte ein Schauer meinen Körper und mit ängstlichem Blick begann ich die Umgebung nach der tödlichen Gefahr abzusuchen. Ich konnte nichts Beunruhigendes erkennen, doch das beklemmende Gefühl in meinem Hals blieb –

Die Umgebung wachsam beäugend, ließen wir uns tiefer und tiefer sinken und erreichten so nach kurzer Zeit unbeschadet unser zu Hause. Verwirrt und unendlich müde suchte ich sofort meinen

Sitzplatz auf und sank kurze Zeit später in die Tiefen eines stockdunklen und traumlosen Schlafs. Die Sorglosigkeit und Unbeschwertheit meiner Jugend schien mit einem Male dahin zu sein. Am nächsten Morgen wurde ich, durch das aufgeregte Umherlaufen meines Bruders, der natürlich vor lauter Neugierde platzte, geweckt. Ich wäre wahrscheinlich noch lange nicht aufgewacht, denn mein Körper schmerzte und der Schlaf war wenig erholsam. Doch das eindringliche Flattern von Aeolus raubte mir die Ruhe und da ich nun schon einmal wach war, begann ich, ihm die Ereignisse des letzten Fluges, genau zu schildern. Aeolus schwelgte in meinen Erzählungen, doch, als ich an die Stelle kam, an der mich die Ältesten über die Existenz der Greifvögel aufklärten, erstarb mit einem Schlag das Lodern in seinen Augen. Sein Blick wurde starr und leblos und ein Zittern ließ seinen Körper erbeben. Auch ich hatte erst eine Nacht darüber schlafen müssen, bis mir die Tragweite dieser Eröffnung voll und ganz bewusst wurde. Nie wieder würde ich völlig unbeschwert im "Taubenhimmel" schweben können. Doch das Wissen, um diese Gefahr, sollte mir noch mein Leben retten - Doch davon später!

SCHWERELOS

Unzählige Flüge mit den Ältesten folgten, ehe auch die restlichen Jungtauben die Erlaubnis bekamen, sich uns anzuschließen. Meine Kondition wurde mit jedem Tag besser und ich verbesserte meine Flugfähigkeit stetig: Sturzflüge aus schwindelerregender Höhe, plötzliche Kurven und Haken, die es ermöglichen sollten, einen Verfolger abzuschütteln. Und die Krönung:

Schwereloses Gleiten im Nichts

Oh, wie ich Das liebte. Ich fühlte kaum noch meinen eigenen Körper.

Wie ein körperloses Geistwesen durchschnitt ich die Lüfte.

Losgelöst von der irdischen Existenz und dem Sakralen, Übernatürlichen, so nahe. Fast schon Eins geworden mit dem Blau, das mich umgab.

Eine Gestalt des Lichtes, angetrieben von den Leben spendenden Strahlen der Sonne und erfüllt von unbändiger Lebensfreude.

Glücklich und zufrieden, doch todmüde kehrte ich jeden Abend zurück und nach kurzer Zeit übermannte mich bleierne Müdigkeit, die mich sogleich in ´Morpheus´ Arme sinken ließ. Sogar im Traum flog ich weiter, doch ich hatte meinen Taubenkörper verloren. Ich hatte mich in pure Energie verwandelt, in ein Lichtwesen, dessen Strahlen aus seinem tiefsten Inneren zu kommen schien. In diesen Träumen musste ich nicht mehr fliegen, Anstrengungen und Schmerzen existierten nicht in dieser Welt. Diese Träume begleiteten mich Nacht für Nacht und ich ertappte mich dabei, diesen Zustand schon tagsüber herbeizusehen.

GEMEINSAM

Die Frühlingssonne wurde stärker und stärker. Tag für Tag wurde die Natur ein wenig mehr wach geküsst. Das Gras begann zu sprießen, die ersten Knospen platzten auf und gaben ihre überwältigende Blütenpracht preis.

In den Lüften herrschte ein Jubilieren und Zwitschern. Die pure Lebensfreude. Auch die Nächte wurden von nun an stetig wärmer und die Luft begann zu riechen. Süße Düfte und der Geruch verschiedenster Kräutern schwebte in meine Nase empor. Bald waren die Wiesen, nach kurzer Nacht, nicht mehr mit Tau bedeckt und die Luft wurde trockener und heißer. Auch die Baumkronen waren inzwischen umhüllt von grünen Blättern, deren Rauschen mich an so manchem, müßigen Nachmittag in den Schlaf wog.

Dann, an einem sonnigen, windstillen Frühsommermorgen, war es endlich soweit. Auch die restlichen Jungtauben durften nun den Flug mit den Ältesten teilen. Die Jungen standen in Reih und Glied. Die Köpfe, hoch erhoben und den Körper gespannt, wie einen Bogen.

Bei diesem Anblick musste ich unwillkürlich an meinen ersten Flug denken und ein Lächeln huschte über mein Gesicht. Jetzt gehörte auch ich schon zu den "Erfahrenen" und hatte, durch, die mir zuteil gewordene Routine, die Möglichkeit, all die Anderen zu beobachten. Der Schlag wurde von außen geöffnet, wie elektrisiert liefen die Jungtauben der Öffnung entgegen und schwangen sich mit kräftigen Flügelschlägen in die Lüfte empor. Geführt und flankiert von den Ältesten, stiegen wir höher und höher empor, bis auch der letzte Hauch einer irdischen Erinnerung aus unserem Sichtfeld entschwunden war. Wir flogen Achter und Schleifen, ließen uns gleiten und schweben - Hier war eine nahezu perfekte Flugtruppe im Entstehen!

Ich genoss den ersten, gemeinsamen Flug an der Seite meines Bruders, Aeolus, der sich gut machte. Der Wind zerrte an seinem Gefieder und der Glanz der Sonne reflektierte in seinen hellen Augen. Stolz erfüllte mich, denn er machte seinem Namen alle Ehre. Er ließ sich treiben, auf den sanften Wogen des Windes, dann wieder hinab fallen in grenzenlose Tiefen, um sich kurz darauf wieder von einem Windstoß emporheben zu lassen.

Aeolus beherrschte das Spiel mit dem Wind perfekt, wie kein anderer.

Unsere Formation hob sich deutlich vom dunklen Blau des Himmels ab. Eine Gruppe prächtiger, weißer und stahlblauer Tauben, in der Blüte ihres Seins.

Geboren, um zu schweben, zu entschweben, geboren NUR für diesen Moment!

Ein wohliger Schauer der Glückseligkeit lief über meinen Rücken - Stolz erfüllte mich. Der Stolz, eine der Ihren sein zu dürfen.

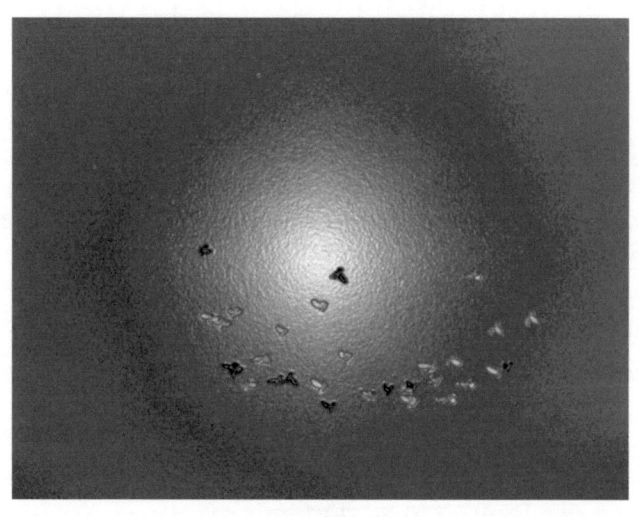

GREIFVÖGEL

Langsam neigte sich auch dieser Flug dem Ende zu und wir ließen uns immer tiefer und tiefer sinken. Berauscht von diesem perfekten Moment und trunken vor Glück, sahen wir alle die Gefahr zu spät kommen. Aus dem Augenwinkel erkannte ich plötzlich einen riesigen, bedrohlichen Schatten, der auf uns zuschoss. Mein Herz blieb für den Bruchteil einer Sekunde stehen, doch dann begann es zu rasen. Erst, war ich wie gelähmt, unfähig zu reagieren, doch dann erinnerte ich mich daran, was ich gelernt hatte. Ohne zu zögern, handelte ich. Ich brachte meinen Körper in Position, presste meine Flügel so eng, wie möglich an den Körper und ließ mich in rasantem Sturzflug fallen. Unerträgliches Pfeifen umgab mich, das mit größer werdender Geschwindigkeit immer mehr anschwoll. Der Wind zerrte an meinem Körper und raubte mir den Atem. Gedanken schossen durch meinen Kopf - War ich dem Verfolger entkommen, wie mochte es Nebula, Phoebus und Aeolus wohl ergangen sein? Die Erde, und mit ihr, der Zeitpunkt des tödlichen Aufschlags, rückte indes unaufhaltsam näher - Jetzt musste ich den richtigen Moment abwarten, um den Sturzflug mit einer gekonnten Kurve zu beenden. Viele Tauben hatten schon so ihr Ende gefunden, weil sie den freien Fall zu spät gebremst hatten. Ich versuchte mit aller Kraft, meine Flügel zu öffnen - was sich bei dieser halsbrecherischen Geschwindigkeit als gar nicht einfach herausstellen sollte - doch der Gegenwind presste meine Flügel nur noch stärker an den Körper. Ich musste all meine Kraft aufbringen, um dem unaufhaltsam näher kommenden Ende dieses Fluges, zu entgehen. In letzter Sekunde gelang es mir, die Flügel zu öffnen, doch ich hatte meine rasante Geschwindigkeit maßlos unterschätzt. Zwar hatte ich es geschafft, den Absturz abzubremsen, doch dem Geäst eines Baumes, der wie aus dem Nichts in meiner Flugbahn auftauchte, konnte ich nicht mehr ausweichen. Ich versuchte abrupt zu bremsen, doch da war es auch schon zu spät. Ein dumpfer Schlag gegen meinen Kopf und ein heftiger Aufschlag auf dem Boden waren meine letzten Erinnerungen. Dann folgten Stunden im Delirium.

Zitternd erwachte ich, in völliger Dunkelheit. Ich verspürte einen pochenden Schmerz an meiner linken Schläfe und wusste zunächst nicht einmal mehr, wie ich hier her gekommen war. Hohes Gras umgab mich und ich konnte mich glücklich schätzen, noch am Leben zu sein. Langsam und vorsichtig richtete ich mich auf und versuchte, meine Flügel zu bewegen. Ich konnte mein Glück kaum fassen, es funktionierte und zwar ganz ohne Schmerzen! Einzig der Schmerz in meinem Kopf wurde immer durchdringender - Ich wusste, dass ich diesen Ort so schnell, wie möglich, verlassen musste, denn der Boden, noch dazu in pechschwarzer Nacht, war kein guter Ort für eine Taube. Ich musste versuchen, den nächsten Baum anzufliegen. Ich hob meinen Kopf, um mich umzusehen, doch das hohe Gras versperrte mir die Sicht. Das Einzige, was ich erblickte, war ein hell, leuchtender Stern. Ehrfurchtsvoll blieb ich stehen und wagte kaum, zu atmen.

Doch ein Rascheln im hohen Gras brachte mich schnell wieder auf die Erde zurück. Ich schwang mich also in die Lüfte, orientierungslos, in finsterster Nacht - Wir Tauben, verfügen zwar bei Tag über das scharfe Auge eines Adlers, doch bei Nacht, sind wir blind, wie Maulwürfe - Ich hatte Glück. Nicht weit von mir, stand jener Baum, der meinen verhängnisvollen Absturz verursacht hatte. Schemenhaft konnte ich seine Äste wahrnehmen, die, wie lange, knochige Finger nach mir zu greifen schienen. Doch ich hatte keine Wahl und so gelang es mir schließlich, einen der Äste, anzufliegen. Müde und immer noch von Kopfschmerzen gepeinigt, schlief ich schließlich erschöpft ein.

ICH LEBE

Am nächsten Tag weckte mich das diffuse Licht des frühen Morgens. Es verlieh all dem, was letzte Nacht so bedrohlich und beängstigend gewirkt hatte, Farbe und so musste ich voll Erleichterung feststellen, dass mein Heimatschlag nur wenige Flügelschläge entfernt war. Mein Herz hüpfte vor Freude und Erleichterung, gleichzeitig fürchtete ich mich, vor dem, was ich vielleicht gleich erfahren würde. Ich kehrte zum Schlag zurück und musste feststellen, dass er verschlossen war. Doch, als die ersten Sonnenstrahlen mein Federkleid in warmes Licht tauchten, kam auch schon unser Versorger. Die Freude über meine Rückkehr war ihm ins Gesicht geschrieben. Sein faltiges Gesicht strahlte. Er öffnete mir und brachte uns sogleich eine große Schüssel mit Futter, damit wir uns gebührend von den Strapazen erholen konnten. Ich machte einen Blick in die Runde und musste mit Erschrecken feststellen, dass nur Wenige den Weg zurück geschafft hatten. Auch Nebula, Phoebus und Aeolus fehlte! Verzweiflung umschlang mein Herz und der Kloß in meinem Hals war größer, als je zuvor.
Stunden vergingen, zwischen Bangen und Hoffen, trübsinnige, bedrückende Gedanken schossen durch meinen schmerzenden Kopf und verstärkten den stechenden Schmerz nur noch mehr. Hoffentlich waren die Meinen noch am Leben und hoffentlich ging es ihnen gut. Ich fühlte mich so ohnmächtig. Ich konnte absolut nichts machen, um ihnen zu helfen. Das Einzige, was ich tun

konnte, war, mich der öden und verzweifelten Langeweile des Wartens und Hoffens hinzugeben. So vergingen die Minuten und die Stunden. Die Sonne kletterte immer höher am Firmament empor. Immer wieder fanden einige Tauben den Weg zurück. Und jedes Mal erstarb ein Teil der Hoffnung, als die Meinen wieder nicht dabei waren. Langsam bemächtigte sich Verzweiflung meiner Gedanken, ich glaubte schon beinahe nicht mehr daran, meine Familie jemals wieder zu sehen. Doch da schreckte mich plötzlich das Schlagen mehrerer Flügelpaare aus meinen düsteren Gedanken auf.

Mein Herz begann zu rasen und mein Körper zitterte vor Erwartung. Ich fixierte die Öffnung, die ins Freie führte, damit ich die Ankunft der Meinen auch ja nicht verpasste. Und da standen sie plötzlich, Nebula, Phoebus und Aeolus. Auch ihnen war die Flucht gelungen. Wie der Phönix der Asche entstiegen war, so standen sie nun vor mir, ihr Federkleid war in pures Gold getaucht von den Strahlen der heißen Mittagssonne. Mein Herz überschlug sich fast vor Freude. Voll Übermut flog ich auf sie zu, geblendet vom stechenden Licht der Sonne, als ich plötzlich bemerkte, dass Phoebus eine klaffende Wunde an seinem Flügel abbekommen hatte. Mit schmerzverzerrtem Gesicht begab er sich auf seinen Platz und verharrte dort völlig regungslos, da ihm jede Bewegung furchtbare Schmerzen zuzufügen schien. Indes nahmen mich Nebula und Aeolus in deren Mitte und das wohlige Gefühl der Erleichterung durchströmte meinen Körper. Wir Alle waren wieder vereint, obgleich mein Vater schwer verletzt war, aber er war immerhin wieder hier und nicht in den Fängen eines Greifvogels elend verendet. Sogar dem sonst immer redseligen Aeolus hatte es diesmal die Sprache verschlagen. Das blanke Entsetzen spiegelte sich in seinen Augen. Er hatte gesehen, was ich nur in Ansätzen begriffen hatte. Meine einzige Erinnerung an den Angreifer war ein bedrohlicher, dunkler Schatten. Sonst hatte ich nichts mitbekommen. Doch Aeolus hatte ihn gesehen, er hatte ihm ins Auge geblickt und seitdem war nichts mehr, wie es einmal war. Das lodernde Flackern der Jugend war aus seinen Augen gewichen, an dessen Stelle waren die Leere der Angst und des Schreckens getreten. Für den Bruchteil einer Sekunde hatte er in dieses gelbe, riesige Auge geblickt, in dem sich die Seelen, der ihm zum Opfer gefallenen Anverwandten, widerzuspiegeln schienen. Aeolus war so knapp an der Schwelle zum Tod gestanden, dass er seine Unbeschwertheit gänzlich verloren zu haben schien. Wortlos kehrte er mir den Rücken zu und begab sich auf seinen Platz. Auch Nebula hatte sich schon zur Ruhe begeben und so folgte ich dem Beispiel der Meinen und begab mich ebenfalls auf meinen Platz. Mein Kopf schmerzte immer noch schrecklich, als ich plötzlich aus meinen Gedanken aufschreckte. Die Schlagtüre wurde geöffnet und unser Versorger kontrollierte, ob auch alle gesund zurückgekehrt waren. Wohlwollend ließ er seinen Blick in die Runde schweifen, doch als er Phoebus´ Verletzung entdeckte, schien ihm für kurze Zeit der Atem zu stocken. Nachdem er ihn eingehend gemustert hatte, kam er offensichtlich zu dem Schluss, dass mein Vater dringend Hilfe benötigte. Dann ging alles so schnell, dass wir kaum etwas mitbekamen. Er griff sich Phoebus, der sich nicht einmal wehrte, und brachte ihn fort vom Schlag. Verwirrt und verängstigt blieben wir Anderen im Schlag zurück, denn wir wussten ja nicht, ob wir ihn jemals wiedersehen würden.

Es sollte einige Tage dauern, bis wir Phoebus wieder im Kreise der Unseren willkommen heißen durften. Doch eines Morgens wurde die Türe abermals geöffnet und mein Vater sprang uns, mit deutlich besserer Verfassung, entgegen. Wir konnten unser Glück vorerst gar nicht fassen, dass unsere kleine Familie endlich wieder vereint war.

Die Lust auf einen Ausflug ins Blau des Himmels, war uns hingegen gründlich vergangen. Desillusioniert und abgeschlagen saßen wir die folgenden Tage und Wochen im Schlag herum. Wir waren eine Truppe Hochflugtauben, die sich vor dem Fliegen fürchtete, ihrer Identität und dem Sinn ihres Seins beraubt. Wir mussten einen traurigen Anblick abgegeben haben. So fristeten wir also unser Dasein, beschränkt auf 2x2m, lediglich die kleine Öffnung des Einflugs gab einen winzigen Blick auf die Weiten des Himmels preis. Nur langsam begann sich unsere Verfassung zu bessern. Die traumatischen Erlebnisse des letzten Fluges wurden immer verschwommener, traten immer weiter in den Hintergrund und mussten letztlich gänzlich der Sehnsucht, zu fliegen, weichen.

SEHNSÜCHTIG

Die Sehnsucht begann in unseren Herzen zu brennen. Das Verlangen, endlich wieder den Wind unter unseren Schwingen zu fühlen, wurde stärker und stärker. Das Feuer loderte wieder und begann uns nahezu zu verzehren. Mit einem Male schien es mit der ängstlich, abwartenden Ruhe in unserem Schlag vorbei zu sein. Von Tag zu Tag wurden wir nervöser und konnten es kaum noch abwarten, wieder in den Himmel emporzusteigen. Vergessen waren Angst und Schrecken. Alleine die Sehnsucht, zu gleiten und zu entschweben, beherrschte unsere Gedanken und unser Sein.

Auch unserem Versorger war dieser Sinneswandel nicht entgangen und so entließ er uns, nach Wochen untätigen und öden Ausharrens, an einem passenden Tag, abermals in die Freiheit.

Ohne auch nur einen Gedanken an lauernde Bedrohungen zu verschwenden, schwangen wir uns ins Azurblau des Himmels. Endlich war es uns wieder möglich, die Leichtigkeit des Seins in vollen Zügen zu genießen.

Jeder Flügelschlag brachte uns der Erfüllung unserer Sehnsüchte näher und näher. Ich nahm einen tiefen Atemzug und die Erleichterung durchströmte meinen Körper und ließ ihn vor Glück erschaudern. Die bedrückenden Tage des Zögerns und Zauderns waren vorbei. Unsere Herzen waren wieder frei.

Frei, um sich zu vereinen, mit der endlosen und unbeschwerten Weite eines perfekten Sommertages.

SOMMERGLUT

Viele Flüge im tiefblauen Sommerhimmel folgten. Die Wetterlage blieb stabil und so konnten wir Tag für Tag unsere wieder gewonnene Freiheit ausleben. Drückend schwüle Nächte machten die Nachtruhe wenig erholsam. Die sengende Glut des Tages wollte auch des Nachts nicht aus dem Schlag weichen und so waren wir jeden Morgen froh, wenn wir uns in schwindelerregender Höhe abkühlen konnten. Wir genossen es, dort oben, und blieben, sehr zur Freude unseres Besitzers, jeden Tag ein wenig länger. Beim Abstieg verschlug uns die schwüle Luft jedes Mal fast den Atem.

Die Wiesen, die uns umgaben, wurden von Tag zu Tag gelber, verbrannt durch die sengende Glut der Sonne. Erbarmungslos schickte sie ihre Strahlen zur Erde und alles Lebendige flüchtete in den kühlenden Schatten. Wenn der Wind nun durch die Baumkronen fuhr, rauschte es nicht mehr, es knisterte vielmehr, so trocken waren selbst die Blätter. Den letzten Regen hatte die Erde vor Wochen gesehen und von Tag zu Tag dürsteten Tiere und Pflanzen mehr danach. Doch die Hitze sollte vorerst kein Ende nehmen.

Wie glücklich waren wir Tauben, die wir täglich unser frisches, kaltes Wasser gereicht bekamen und ein Mal die Woche konnten wir uns sogar im Bade erquicken. Das war jedes Mal der Höhepunkt für Aeolus und mich! Wir plantschten aus vollem

Herzen. Endlich wurden wir den Staub in unserem Gefieder los und konnten unsere Federn anschließend auf Hochglanz putzen. Noch nass, legten wir uns dann ein wenig in die Sonne und ließen unseren Körper in der brütenden Hitze trocknen.

Doch bald schon schien sich die Wetterlage zu ändern. Die Luft fühlte sich schwerer und feuchter an und das Fliegen wurde zur Qual. Die Federn wurden auch ohne Regen so feucht, dass sie an unseren Körpern zu kleben schienen und uns nur wenig Auftrieb bescherten. Wolkentürme begannen das Blau des Himmels zu trüben und schienen schier ins Unendliche zu wachsen. Sie türmten sich in atemberaubender Geschwindigkeit auf und verbargen schon bald die letzten Sonnenstrahlen hinter sich. Doch die Kraft der Sonne fraß auch diese Wolken förmlich auf und der ersehnte Regen blieb abermals aus.

Der nächste Morgen verhieß prächtiges Flugwetter. Keine einzige Wolke weit und breit, kein Lufthauch, der die Blätter schaukelte, nur tiefgründiges, leuchtendes Blau ! Wir schwangen uns also erneut empor. Früh mussten wir wegfliegen, um die Kühle der Morgenstunde zu nützen. Später, in der vernichtenden Mittagshitze, war es nicht mehr möglich, sich so großen Anstrengungen auszusetzen. Je höher wir aufstiegen, desto angenehmer und kühler wurde es. Ich atmete tief durch und der Rausch der Höhe begann sich meines erhitzten Körpers zu bemächtigen. Die Erde war schon lange aus unserem Sichtfeld entschwunden und wir genossen das Spiel im tiefblauen Äther. Viele Stunden tummelten wir uns auf der "Spielwiese der Götter".

Einzig wir Tauben durchschnitten mit forschen Flügelschlägen das tiefe Blau hier Oben.

Wir schwebten und glitten dahin, schwerelos und leicht, sich mit dem Firmament vereinend. Ich ließ mich treiben, dann ein wenig absacken, als ich plötzlich einen Wolkenberg unter mir erblickte. Er wuchs mit rasantem Tempo und seine Spitze ragte schon bald in unsere Flugbahn. Ich staunte, denn so etwas hatte ich noch nie zuvor gesehen. Dem Einen folgten ein Zweiter und ein Dritter und bald war der Himmel unter uns von schnell wachsenden Wolkenbergen übersät. Die Ältesten mahnten uns zur Vorsicht. Wir sollten eine Gruppe bilden und eng beisammen bleiben, damit wir uns beim Abstieg nicht aus den Augen verlören. Wir formierten uns also, breiteten unsere Flügel aus und glitten sogleich, lautlos schwebend in den ersten Wolkenberg hinein. Mich fröstelte. Nebel umgab mich, die Feuchtigkeit perlte zwar von meinem Gefieder ab, verklebte aber dennoch mein Federkleid. Ich sackte ab, einige Meter fiel ich ungebremst in die Tiefe, doch dann fing ich mich wieder. Mein Herzschlag und mein Atem schienen für Sekunden auszusetzen, nur mehr die Flügelschläge der Anderen drangen durch dichte Nebelschwaden zu mir. Weiße Wolkenfetzen umhüllten mich und gaben keinen Blick auf die Gruppe frei. Ich war ganz auf mich alleine gestellt, umgeben von einer riesigen Wolke, eingehüllt in den weißen Mantel des Schweigens. Ich ließ mich tiefer und tiefer trudeln, ohne jegliche Orientierungsmöglichkeit.

Da, plötzlich, unter mir, durchbrach ein Sonnenstrahl die geschlossene Wolkendecke und für den Bruchteil einer Sekunde konnte ich den Erdboden erkennen. Auch die anderen Tauben hatten nun endlich im Sinkflug zu mir gefunden und zusammen kehrten wir, die dichte Bewölkung hinter uns lassend, zum Schlag zurück.

Immer noch wuchsen Wolkenberge rasant in den Himmel, doch jetzt, da wir uns in Sicherheit befanden, konnten wir das Schauspiel in aller Ruhe genießen. Langsam begannen die weißen Wolkentürme, pechschwarzen, geballten Wolkenmassen zu weichen, aus denen von Zeit zu Zeit grelle Blitze zuckten. Donner war noch keiner zu hören, doch es war bereits ganz still. Die Natur hielt den Atem an, um die ersten, erlösenden Regentropfen nicht zu versäumen. Ich saß noch auf dem Schlagdach, als ich plötzlich einen großen Tropfen auf meinen Kopf bekam. Dem Ersten folgte ein zweiter und diesem viele weitere. Zu Beginn war das ja sehr erfrischend, doch dann reichte es sogar mir und ich suchte das schützende Innere des Schlages auf.

Das kühle Nass war lange herbeigesehnt und erwartet gewesen, doch es sollte der erste Vorbote für einen Wetterumschwung sein, der den Herbst ins Land bat.

FARBENSPIEL

Der drückenden Schwüle des Sommers folgte nun eine Zeit des Aufatmens. Herbststürme nahmen selbst den letzten Rest stehender Sommerluft mit sich und tauchten das Firmament in jenes durchdringende Blau, das nur am Ende des Sommers zu existieren schien. Auch die Nächte wurden langsam wieder kühler und somit auch für uns, erträglicher. Selbst an den Pflanzen ging die Frische der Nacht nicht spurlos vorüber und Tag für Tag wurden immer mehr Blätter in die buntesten Farben getaucht. Ich kam aus dem Staunen gar nicht mehr heraus und konnte es erst gar nicht fassen, wie sich meine Umgebung wandelte. Die Blätter, der Bäume, die mich umgaben, erstrahlten in purem Gold, manche leuchteten in warmen Orangetönen, wie die untergehende Sonne und wieder andere verfärbten sich feuerrot. Ein grandioses Schauspiel wurde uns da geboten.

Doch etwas sollte Dieses noch bei Weitem übertreffen. Wir waren wieder einmal von einem ausgedehnten Flug im glasklaren, tiefblauen Himmel zurückgekehrt, als sich langsam einige Wolken vor die Sonne schoben. Regentropfen folgten, doch da immer noch einige Sonnenstrahlen zwischen den Wolken hervor lugten, entstand etwas, was ich noch nie zuvor gesehen hatte. Es versetzte mich in atemloses Staunen und vor Bewunderung wagte ich kaum, mich zu bewegen. Direkt über mir, hob sich vom bleiernen Schwarz des Wolken verhangenen Himmels, ein bunter Bogen ab, der in allen Farben leuchtete und strahlte. Seine Dimensionen schienen gewaltig zu sein, denn er reichte von einer Seite des Himmels zur Anderen. Als das erste Staunen überwunden war, keimte die Neugierde in mir auf. Ich wollte mir dieses geheimnisvolle Farbenspiel aus der Nähe ansehen und schwang mich trotz Regen und Wolken in den Himmel. Ich flog und flog, immer in Richtung des bunten Bogens, doch je weiter ich flog, desto weiter schien er sich zu entfernen. Es war mir einfach nicht möglich, ihm nahe zu kommen. Genervt und durchnässt gab ich schließlich auf und kehrte zum Schlag zurück. Meine Eltern erwarteten mich bereits und erklärten mir schmunzelnd, dass ich gerade Bekanntschaft mit einem Regenbogen gemacht hatte. Eine Fata Morgana, eine Erscheinung, nichts, was man einfach angreifen und somit begreifen könnte. Je mehr ich hörte, desto größer wurde mein ungläubiges Staunen. Ich, die ich wieder einmal geglaubt hatte, schon alles gesehen zu haben, wurde wieder einmal eines Besseren belehrt!

DAS STREBEN
NACH PERFEKTION

Wieder wurde eine erfrischende Nacht von der glasklaren Brillanz eines neugeborenen Herbsttages abgelöst. Dies war die beste Jahreszeit, für uns Tauben, denn die Greifvögel waren schon fast alle abgewandert und der Himmel verwöhnte uns mit perfekten Sicht- und Flugbedingungen. So war es uns also möglich, in aller Ruhe und beinahe sorgenfrei unserer Passion nachzugehen und im herbstlichen Tiefblau des Firmaments unsere Flugkünste zu demonstrieren. Angekommen im grenzenlosen Nichts, dort, wo irdische Gesetze jegliche Bedeutung verloren hatten, begannen wir, zuerst als Gruppe und später einzeln, das Gleiten und Schweben zu perfektionieren. In perfekter Formation flogen wir Achter und Schleifen, ließen uns fallen, um dann wieder aufzusteigen. Rasante Flugmanöver folgten Schleifen und Bögen, die wir ins Tiefblau des Himmels zeichneten. Das Blut pulsierte in meinen Adern und mein Herzschlag wurde zunehmend lauter. Er schwoll so laut an, dass nicht einmal mehr das Pfeifen des Gegenwindes zu hören war. Erneut ließen wir uns in die Tiefe stürzen, um uns dann in sanftem Bogen wieder in die Höhe zu katapultieren. Zum ersten Mal gelang es uns, die Einheit der Truppe zu fühlen und zu begreifen. Jeder wusste schon im Vorhinein, was der Andere tun würde und handelte ebenso. Wir schwebten als Einheit, Richtungswechsel wurden wie aus dem Nichts vollzogen und wir bewegten uns als gemeinsames, großes Ganzes. Es schien fast, als wäre es uns möglich geworden, ohne Sprache zu kommunizieren, alleine durch die Macht unserer Gedanken. Vereint, im Bestreben, den perfekten Flug zu fliegen und Eins zu werden mit der unendlichen Weite.

Doch auch der schönste Flug hatte einmal ein Ende. So ließen wir uns, wie eine Feder im Wind, sanft der Erde entgegen gleiten. Die Sonne war noch nicht hinter den nahen Hügeln verschwunden, als wir zu Hause ankamen, deshalb beschloss ich, mich dem Schauspiel des Sonnenuntergangs hinzugeben und blieb noch ein Weilchen auf dem Schlagdach sitzen. Langsam begann sich die Sonne in warmes Orange zu kleiden, das immer intensiver wurde, je tiefer sie sank.

Das war der Moment, in dem ER mir zum ersten Mal auffiel. Er saß direkt neben mir - wahrscheinlich war er schon unzählige Male neben mir gesessen, doch ich hatte ihn bis zum heutigen Tage nicht wahrgenommen - Sein weißes Federkleid glänzte im güldenen Licht der untergehenden Sonne und ich fand mich selbst im Spiegelbild seiner hellen, klaren Augen wieder. Ein wohliger Schauer ließ meinen Körper erbeben und ein Zittern bemächtigte sich meiner Glieder. Ich schnappte nach Luft, fast hätte ich vergessen, zu atmen. Was war nur mit mir passiert? So hatte ich mich noch nie gefühlt. Ich konnte meinen Blick nicht mehr von ihm lassen und hoffte sehnlichst, dass es ihm ebenso erginge. Gleichzeitig fürchtete ich mich, dass er mich ansprechen würde, denn ich hätte keinen vernünftigen Ton herausgebracht und wäre vor Scham sicherlich vergangen. Verwirrt von all diesen neuen und fremdartigen Gefühlen wandte ich mich beschämt von ihm ab und versank, in Gedanken, mit den letzten Strahlen der untergehenden Sonne.

Diese schien nun wie ein riesiger, feuerroter Ball auf dem Hügel zu ruhen, ehe sie die letzten, wärmenden Strahlen zu uns schickte. Ein paar Minuten noch, dann würde die riesige, leuchtende Scheibe verschwunden sein und mit ihr, die mich verzehrende Scham, die in mir loderte, so hoffte ich zumindest...

Gebannt starrte ich ins goldene Licht. Doch als die Sonne verschwunden war und ich mich zur Seite wandte, war auch er verschwunden. Verwirrt blieb ich noch ein Weilchen draußen sitzen, doch als die Dämmerung hereinbrach und bereits die ersten Sterne vom Himmel funkelten, machte auch ich mich endlich auf den Heimweg. Zu meiner Erleichterung war es im Schlag jetzt schon richtig finster, so dass ich nicht mehr erkennen konnte, wo ER saß.

GEFÜHLE...

Erschöpft vom anstrengenden Flug sank ich bald in tiefen Schlaf und gab mich dem Land der Phantasie und der Illusionen hin. Ich träumte, ich träumte süße Träume, nur von IHM. Ich kannte nicht einmal seinen Namen, doch von diesem Tag an begleitete er mich Nacht für Nacht ins Land der Träume. Wir flogen über grüne Wälder, überquerten unendliche Ebenen, ließen mäandernde Flüsse hinter uns und ER war stets an meiner Seite. Diese Träume waren so real und wunderschön, dass ich an so manchem Morgen gar nicht erwachen wollte. Noch trunken von den Illusionen der Nacht wurde ich durch das fahle Licht der Morgendämmerung geweckt. Ich ließ meinen Blick durch den Schlag schweifen, auf der Suche nach IHM. Zu meiner Verwunderung musste ich feststellen, dass er nicht da war! Woher kam er also, oder war er ein Mitglied unserer Truppe, das gestern nicht heimgekehrt war? Ich stand total neben mir und konnte es gar nicht erwarten, bis der Einflug geöffnet wurde und ich endlich hinaus durfte. Meine Gedanken kreisten nur mehr um IHN. Mir war es zur Zeit unmöglich, auch nur einen einzigen klaren Gedanken zu fassen, sodass ich sehr erleichtert war, als wir zu einem weiteren, gemeinsamen Flug aufbrachen und ich endlich keine Zeit mehr hatte, meinen Träumen nachzuhängen.

Der Flug lenkte mich zwar für den Rest des Tages ab, doch, wie enttäuscht war ich, als wir zurückkehrten und ich IHN, nach einem ausgiebigen Blick in die Runde, nicht entdecken konnte. So ging das für einige Tage. Sooft ich mir auch den Kopf verrenkte, um IHN zu erblicken, ER war nie da! Ich hatte schon fast die Hoffnung aufgegeben, IHN jemals wiederzusehen und begann sogar schon zu glauben, einer Illusion meiner überschwänglichen Phantasie erlegen zu sein, da erblickte ich IHN eines Abends, sitzend auf einem nahen Baum. Mein Herz begann zu rasen, wohlige Schauer jagten meinen Rücken hinunter und in meiner Magengrube machten sich gar seltsame Gefühle breit. Ich ertappte mich dabei, unverwandt in seine Richtung zu starren und senkte abermals beschämt das Haupt. Doch, als ich diesmal wieder aufsah, saß er direkt neben mir und ich verlor mich, für einen unendlich langen Moment, in dem die ganze Welt still zu stehen schien, in seinen hellen, lebendigen Augen. Unsere Blicke verschmolzen miteinander und wir fühlten tief in unseren Herzen, dass wir zusammengehörten.

CIRRUS

ER hatte als Erster den Mut, das Schweigen zu brechen:

"Mein Name ist Cirrus, sprach er mit ruhiger, tiefer Stimme."

Das Beben in mir ebbte langsam ab und mein Körper entspannte sich merklich. Nach Tagelangem Herzflattern und totalem Chaos in meinem Kopf, ordnete sich ganz plötzlich Alles, wie von alleine.

Endlich war es mir wieder möglich, klare Gedanken zu fassen und ich entgegnete ihm, mit fester Stimme:

" Freut mich, Dich kennenzulernen! Mein Name ist Cloudy."

"DAS weiß ich schon, antwortete er, von DIR habe ich schon gehört. Dein tollkühner Ausflug ist auch mir nicht entgangen. Und ich habe dich währenddessen die ganze Zeit beobachtet. Du warst dort oben nie alleine, ich war immer bei dir!"

Das Beben erfasste erneut meinen Körper und ich wusste erst gar nicht, was ich darauf entgegnen sollte, dann aber brachte ich doch DIE Frage über die Lippen, die mich schon die ganze Zeit interessiert hatte:

" Woher kommst du eigentlich?"

Doch diesmal blieb er stumm und deutete nur in Richtung der untergehenden Sonne. Er saß ganz nahe bei mir und ich konnte seine Nähe deutlich spüren. Für den Bruchteil einer Sekunde berührte sein Federkleid ganz sanft das Meine und mein Herz begann zu jauchzen. So glücklich, wie mich diese kurze, flüchtige Berührung gemacht hat, hatte mich bisher nicht einmal der perfekteste Flugtag gemacht. Was hätte ich doch dafür gegeben, damit dieser Moment nie wieder zu Ende ging! Ich fühlte mich so sehr zu ihm hingezogen und schließlich erlag ich vollends der kristallenen Klarheit seiner Augen.

Der unfassbare Zauber der Liebe hatte von mir Besitz ergriffen und mein Herz in Flammen gesetzt. Es loderte im selben rot, wie die Sonne, die uns soeben mit ihren letzten Strahlen liebkost hatte. Das goldene Licht, der eben erst untergegangenen Sonne wurde schnell abgelöst durch den kühlen, bläulichen Schein der hereinbrechenden Abenddämmerung und so hieß es zumindest für heute: Abschied nehmen. Die Dunkelheit der Nacht würde uns trennen, trennen für eine kleine Ewigkeit, bis morgen früh. Nur widerwillig trennten wir uns und mit sehnsüchtigem Blick sah ich, wie seine Silhouette im schwindenden Licht der Abenddämmerung immer verschwommener wurde, bis sie sich schließlich ganz im Blau der hereinbrechenden Nacht verlor. Verzaubert von der Magie des Augenblicks, blieb ich noch einige Zeit sitzen und konnte staunend erleben, wie ein Stern nach dem anderen, funkelnd, das Himmelszelt erleuchtete. Das dunkle Blauschwarz war bald übersät von tausenden Sternen, doch gleichzeitig hatte sich bedrohliche Dunkelheit über mich und die Meinen gelegt und so beschloss ich, den Schlag aufzusuchen, um mich keiner unnötigen Gefahr auszusetzen. Süße Träume verkürzten mir die Nachtruhe und ich erwachte glücklich und ausgeruht durch das Blinzeln der Sonne, am nächsten Morgen.

ENTSCHWEBEN...

Selbst meiner Mutter schien der versonnene Ausdruck, der meinem Blick an diesem Morgen inne wohnte, nicht entgangen zu sein und so fragte sie mich sogleich, was denn passiert sei. Mit schmunzelnder Gelassenheit folgte sie den Ausführungen meiner Schwärmereien und lächelte. Bevor sie mich wieder verließ, gab sie mir noch das Versprechen, dass mein süßes Geheimnis bei ihr in sicheren Händen war.

Meine Nervosität steigerte sich indes schier ins Unermessliche. Mein Herz begann zu rasen und Hitze durchströmte in Wellen meinen Körper. Wann wurde der Einflug endlich geöffnet, damit ich IHM wieder nahe sein konnte? Das war der Gedanke, der unablässig durch meinen Kopf schoss und der mich nicht einmal für den Bruchteil eines Atemzuges zur Ruhe kommen ließ. Doch auch die unerträglichste Zeit des Wartens, ging irgendwann zu Ende und so öffnete sich nun endlich MEIN Tor zum Himmel.

Mit kräftigen Flügelschlägen strebte die Truppe dem Blau entgegen. Auch ich schloss mich den Meinen an, da ich sicher war, Cirrus würde den Weg zu mir finden. Als wir unsere übliche Flughöhe erreicht hatten, durchzuckte mich plötzlich ein wohliger Schauer. Ich war mir sicher, dass ER es war, der mich beobachtete und ließ den Blick durch das mich umgebende, endlose Blau schweifen. Da erblickte ich ihn. Er schien dem grellen Licht der Sonne entstiegen zu sein und kam direkt auf mich zu. Seine kräftigen Flügelschläge brachten ihn schnell zu mir und mir stockte fast der Atem. Glückseligkeit bemächtigte sich meines Daseins und wir schwebten für eine kleine Ewigkeit, Seite an Seite. Entrückt von allem Irdischen und dem perfekten Moment näher, als ich es je für möglich gehalten hatte, zogen wir unsere Kreise und nützten bald die erstbeste Gelegenheit, um uns von der Gruppe abzusondern.

Zu zweit zogen wir nun unsere Bahnen in der kristallklaren Unendlichkeit, vereint durch das tiefe Gefühl einer ewig währenden, tiefen Zuneigung. Mit unseren Schwingen zeichneten wir Kreise und Schleifen ins Blau, ließen uns treiben und trudeln, um uns dann wieder von einem Aufwind in unendliche Höhen tragen zu lassen. Dort begannen wir unser übermütiges Spiel von Neuem. Manchmal flogen wir so nahe nebeneinander, dass sich unsere Federn zu berühren schienen und ein Gefühl des ohnmächtigen Schwindels bemächtigte sich meines Körpers - Alles schien so unwirklich, ich fiel in einen Zustand atemloser Glückseligkeit und wollte, dass Dieser ewig währte. Wir waren zwei Tauben, alleine, in atemberaubender Höhe, zwei Individuen, vereint zu Einem, denn Das, wofür unsere Flugtruppe über ein halbes Jahr gebraucht hatte, gelang uns beiden, beim ersten Versuch. Ohne ein Wort miteinander zu wechseln, war es uns möglich geworden, jede Bewegung, jedes kleinste Detail, vorherzusehen und so glitten wir in absolutem Gleichklang dahin. Die Energie unser beider Leben vereinigte sich und zusammen gelang es uns, sogar das Strahlen der Sonne zu übertreffen. Meine Gedanken waren nicht mehr länger mein Geheimnis, ich teilte auch Diese bereitwillig mit ihm. Kommunikation hatte ihre Bedeutung vollends verloren. Ein Blick, ein Gedanke genügte und wir wussten beide Bescheid. Im Zustand größten Glücks dahinschwebend wurde uns plötzlich bewusst, dass das Tageslicht bereits zu schwinden begann. Die Sonne war schon lange untergegangen und es wurde Zeit, wieder nach Hause zurückzukehren. Wir ergaben uns also bereitwillig der Erdanziehungskraft und tauschten den berauschenden Zustand der Schwerelosigkeit gegen einen rasanten Rückflug ein. Ein kurzer Blick in seine klaren Augen, als die Erde wieder in unser Blickfeld zurückkehrte und dann trennten sich unsere Wege.

Alleine kehrte ich im blau schimmernden Licht der Abenddämmerung zu meinem Schlag zurück. Um lästigen Fragen über meinen Verbleib zu entgehen, begab ich mich sogleich auf meinen Platz und verlor mich augenblicklich auf dem unergründlichen Pfad der Träume.

SINTFLUT

Ich erwachte spät am folgenden Morgen. Mich fröstelte. Es war kalt geworden und die Schönheit der spätsommerlichen Herbstzeit war mit einem Schlag wie weggewischt. Stürmischer Wind zerrte an den wenigen, verbliebenen Blättern und der Regen trommelte auf unser Dach. Alles in allem eine unfreundliche Wetterlage und absolut ungeeignet für Flüge jeglicher Art. So verharrten wir also in unserem Schlag und warteten, bis sich das Wetter besserte.

Langsam schlichen sich Verzweiflung und Traurigkeit in mein Herz, denn der Regen wollte und wollte kein Ende nehmen und ich sehnte mich doch so sehr nach seiner Nähe. Die Wolken hingen tief und kein einziges blaues Fleckchen war am Himmel zu erahnen. So schwand meine Hoffnung, auf ein baldiges Wiedersehen, von Stunde zu Stunde mehr dahin und zerfloss schließlich endgültig, wie die Regentropfen, in einer riesigen, schmutzigen Pfütze. Bedrückt setzte ich mich in den triefenden Einflug und hob meinen Kopf zum Himmel empor. Die Regentropfen benässten mein Gesicht und rannen in Fontänen an meinem Körper hinunter. Als ich dann ganz nass war, schüttelte ich mich, wie, um die trüben Gedanken los zu werden. Doch auch das half mir nicht weiter und so kehrte ich tropfnass in den Schlag zurück.

Ich plusterte mich auf, steckte meinen Kopf tief ins Federkleid und entfloh der tristen Wirklichkeit ins Land der Träume.

Das Ambiente eines perfekten Herbsttages versüßte mir die Zeit meines Müßiganges. Der grauen Tristesse der Realität entflohen, stieg ich mit Cirrus auf, um neuerlich an die Grenzen unseres Daseins zu stoßen und Diese zu überwinden. Wir hatten uns in Geistwesen verwandelt, in Daseinsformen aus reiner Energie, die in strahlendem Glanz und atemberaubender Geschwindigkeit den Orbit querten. Zwischen uns waren alle Grenzen gefallen, unsere Wesen verschmolzen immer mehr miteinander und keinem von uns war es mehr möglich, zu sagen, wo der Eine begann und der Andere endete. Wie schillernde Wassertropfen, die in den Ozean gefallen waren, hatten wir uns in der unendlichen Weite des Firmaments für immer vereint. Unsere neue Existenz, in Form von reinster Energie, machte es uns möglich, jeden Ort auf Erden aufzusuchen und so glitten wir über Gebirge, Ozeane und Wüsten. Mit rasanter Geschwindigkeit entdeckten wir selbst die verborgensten Wunder dieser Erde und Tore in bislang unbekannte Welten schienen sich für uns zu öffnen. Vereint begingen wir den Pfad der Träume und Wogen unfassbarer Glückseligkeit durchströmten meinen Körper.

Der Wind hatte gedreht und kalter Regen wurde in den Schlag gepeitscht. Ich erwachte zitternd, denn ich war zu nahe am Einflug gesessen und so der Witterung ausgesetzt gewesen.

Das schmutzig wirkende Zwielicht des trüben Morgen war schon längst durch das diffuse Licht der hereinbrechenden Abenddämmerung abgelöst worden, so lange hatte ich mich der Realität entzogen und war in die Welt der Phantasien und Illusionen geflüchtet. Doch auch diese kurzen Ausflüge ins Land der Träume halfen mir nicht wirklich weiter. Die Sehnsucht blieb und brannte tief in meinem Herzen. Wann konnte ich mich endlich wieder in der Klarheit seiner Augen verlieren? Wann konnte ich wieder seine Nähe spüren? Wann würde sein Blick wieder auf mir ruhen und in mir wogende Wellen des Wohlbefindens auslösen?

Diese Fragen sollten vorerst unbeantwortet bleiben, denn das Wetter blieb völlig ungeeignet, um auch nur ans Fliegen zu denken. So war ich also dazu verdammt, auf 2x2m meinen Gedanken nachzuhängen und jedes Mal, wenn mein Herz, vor lauter Sehnsucht, allzu schwer wurde, floh ich ins Land der Illusion.

WARTEN

Der Wind wurde von Tag zu Tag kälter und als sich die tiefliegenden Wolken endlich ein wenig zu heben begannen, wurde uns bald bewusst, warum es so kalt geworden war. Der Sturm hatte dem verschwenderischen Farbenspiel der Natur ein jähes Ende bereitet. Selbst die letzten Blätter hatte er unsanft von den Bäumen gerissen, die nun ihre kahlen Äste zum milchig, weißen Himmel streckten. Und die Hügel, die uns umgaben, waren eingehüllt in blendendes Weiß. Staunend starrte ich in das eintönige Weiß. Nebula, der meine Überraschung nicht entgangen war, erklärte mir lächelnd, dass es geschneit hatte und dass der Winter bald das ganze Land unter einer dicken Schneeschicht begraben würde.

Ungläubig starrte ich immer noch ins Weiß, das sich nur unwesentlich von der milchig, trüben Färbung des Himmels abhob. Himmel und Erde schienen ineinander zu fließen, sie waren jeglicher Übergänge beraubt. So trüb, wie das Wetter, war auch meine Stimmung. Den anderen Tauben im Schlag erging es nicht besser.

Auch in ihren Herzen brannte die Sehnsucht. Das Verlangen, im tiefblauen Himmel zu gleiten und zu schweben, wurde von Tag zu Tag intensiver und brachte uns alle fast um den Verstand. Unser Dasein, dem in Freiheit praktisch keinerlei Grenzen auferlegt waren, war im Moment reduziert auf das triste Innere unserer Behausung. Nervosität und Unruhe waren die Folge und das Leben im Schlag wurde jeden Tag ein wenig unerträglicher.

Doch eines Morgens, ich erwachte eher, als gewöhnlich, schien sich eine Wende abzuzeichnen und die Strahlen der Sonne schafften es endlich wieder, Farbe ins triste Grau des Alltags zu bringen. Endlich war es ihnen gelungen, die trübe Wolkenmasse zu durchbrechen und die Schnee bedeckten Hügel im Umland hoben sich nun deutlich vom Blau des Himmels ab. Aufgeregt sprang ich von meinem Sitzbrett und trippelte im Schlag auf und ab, bis auch die letzte Taube erwacht war. Mein Herz überschlug sich fast und ich zählte die Sekunden, bis sich das Tor zum Himmel öffnen würde und hoffte sehnlichst, dass ich IHN im Winterhimmel wiedersehen würde.

KLIRRENDE KÄLTE

Endlich wurde der Einflug geöffnet und wir entschwebten ins Blau des Himmels. Kräftige Flügelschläge brachten uns schnell immer höher in den klaren Winterhimmel. Übermütig schnitten wir enge Kurven ins Blau und stiegen Pirouetten drehend rasant empor. Wir waren wieder frei und konnten den Wind in unserem Gefieder spüren. Die Lebensfreude sprudelte aus uns heraus und so überschätzten wir unsere körperliche Verfassung, nach Tagen des Ruhens, maßlos. Der anfängliche Übermut schien sich bald furchtbar zu rächen, denn die wärmenden, sanften Herbstwinde waren unfreundlichen, beißend kalten Böen gewichen und so mussten wir aufpassen, dass wir nicht auseinanderdrifteten. Kraftraubend war der Aufstieg gewesen, denn der eisige Gegenwind forderte nach der langen Flugpause selbst unsere letzten Reserven. Müde und erschöpft erreichten wir endlich unsere übliche Flughöhe. Jeder Atemzug schmerzte und je höher wir aufstiegen, desto schlimmer wurde es. Den Anderen schien es nicht besser zu ergehen, denn nach nur kurzem Rundflug in der Höhe, begannen wir mit dem Sinkflug und ließen uns in wärmere Luftschichten hinab schweben. Langsam war es mir wieder möglich, normal Luft zu holen. Die Schmerzen bei jedem Atemzug hatten mich fast meiner Sinne beraubt und so war ich erleichtert, dass wir der Erde wieder näher kamen. Eisige Windböen zerrten auch hier noch an unserem Gefieder und so beschlossen wir, unseren Flug für heute abzubrechen. Enttäuscht kehrten wir zum Schlag zurück und die Leere und Verzweiflung der letzten Tage nahm sogleich wieder Besitz von uns. Schweren Herzens verabschiedete ich mich für heute von der unendlichen Weite und zog mich in den Schlag zurück. Auch Cirrus hatte ich nicht wiedergesehen. Wahrscheinlich war es ihm ähnlich ergangen. Unendliche Traurigkeit überfiel mich und zog mich fast zu Boden. Wenn ich damals geahnt hätte, WIE lange es dauern sollte, bis es mir vergönnt war, IHN wiederzusehen, wäre ich auf der Stelle verzweifelt.

ZWEI GESICHTER...

Wochen später stieg mir der angenehme Duft kalter Winterluft in die Nase und ich öffnete meine Augen. Glitzernde, glänzende Kristalle fielen vom Himmel und bedeckten die Erde mit einer schützenden, schneeweißen Decke. Sie fielen aus den Wolken, um dann dem Erdboden entgegen zu trudeln und dort liegen zu bleiben. Nun hatte der Winter endgültig von den Hügeln zu uns herab gefunden. Versonnen betrachtete ich das Spiel der tanzenden Flocken und erschrak, als sehr zu meiner Verwunderung, der Einflug geöffnet wurde. Offenbar wollte unser Versorger uns Jungtauben, die Möglichkeit geben, das Wunder des ersten Schnees zu erforschen. Ich nützte auch sogleich die Gelegenheit und hüpfte auf das Schlagdach. Ein Zittern ließ meinen Körper vor Kälte erbeben, als ich zum ersten Mal Schnee mit meinen Füssen berührte. Doch nach einiger Zeit gewöhnte ich mich daran und stapfte mit knirschenden Schritten durch das Weiß des Winters. Ich hob meinen Kopf, um das wirbelnde Schauspiel der Flocken zu bewundern, doch schon nach kurzer Zeit musste ich meinen Blick abwenden, da mir vom trudelnden Treiben schwindlig geworden war.

Als sich die Welt endlich aufhörte zu drehen, traute ich meinen Augen kaum. Cirrus saß auf dem Baum, auf dem ich ihn an jenem Abend erblickt hatte und beobachtete mich.

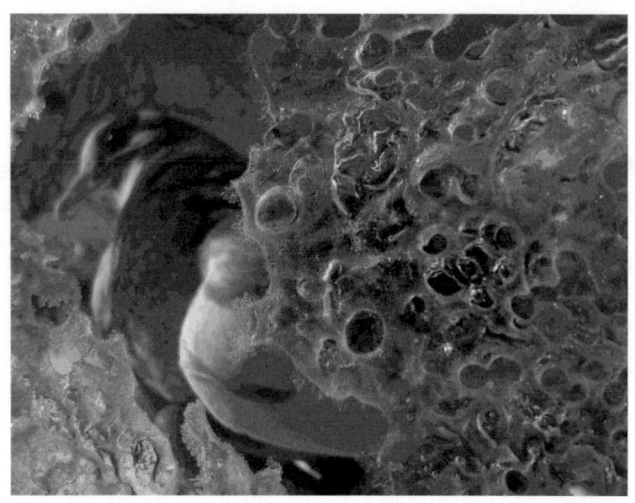

Zugleich erhoben wir uns in die Lüfte und schwebten zwischen tanzenden Schneeflocken aufeinander zu. Eine sanfte, beinahe zufällige, Berührung unserer Flügel folgte und die Kälte des Winters wich einer alles durchflutenden Wärme. Mein Herz raste und ein Zittern ließ meinen Körper erbeben. So lange war es her, dass ich mich in seinen Augen verloren hatte, so lange, dass mich seine Stimme verzaubert hatte. Doch nun war er hier, ganz nahe bei mir und wir konnten eins werden, mitten im betörenden Tanz hunderter Schneeflocken.

Wir flogen empor, umgeben vom dichten Schneetreiben, Vernunft schien keine Rolle mehr zu spielen, denn sonst wären wir bei solch widrigen Witterungsverhältnissen in Sichtweite unseres Schlages geblieben. Doch wir schraubten uns höher und höher empor. Wir hatten uns gänzlich dem überwältigenden Gefühl der tiefen Zuneigung ergeben und waren seinem Zauber vollends erlegen. Die Schneeflocken nahmen uns in deren Mitte, ließen uns Teil haben an ihrem ausgelassenen Tanz und raubten uns schließlich jegliche Orientierung. So fanden wir uns plötzlich mitten im weißen Nirgendwo wieder. Der Himmel war weiß, die Erde ebenso und die Schneeflocken, die uns eben noch so spielerisch, tanzend erschienen waren, beraubten uns nun der letzten Sicht. Der Schnee peitschte mir ins Gesicht und nahm mir beinahe den Atem. Nur mehr blinzelnd konnte ich meine Umgebung erahnen, denn die entgegenkommenden Schneekristalle schmerzten, wie tausende, kleine Messerstiche. Wir ließen uns also tiefer sinken, in der Hoffnung unser zu Hause in der öden, eintönigen Winterwüste auszumachen, doch unter uns war alles weiß. Langsam wurde es später und später und das ohnehin schon schwindende Tageslicht wurde schwächer und schwächer. Das Schneetreiben wollte kein Ende nehmen und so beschlossen wir, uns auf dem nächsten Baum niederzulassen. Erschöpft und müde saßen wir nun Seite an Seite im dichten Schneefall, weit weg von zu Hause. Wir hatten unseren Übermut teuer bezahlt, denn eine unfreundliche Winternacht im Freien stand uns bevor.

HOFFNUNG

Alleine die Hoffnung, dass sich das Schneetreiben bis zum nächsten Tag legen würde, hielt uns am Leben. Dicht aneinander gedrängt saßen wir in der kahlen Krone einer ausladenden Kastanie. Wir hatten uns ins Innere der Krone zurückgezogen, da dort der kalte Wind und der andauernde Beschuss mit scharfkantigen Schneekristallen etwas erträglicher war. Das Zittern meines Körpers wurde von Stunde zu Stunde stärker und meine Füße waren kaum noch zu spüren. Die Kälte kroch langsam immer tiefer in unser Gefieder und ließ uns beinahe erstarren.

Dunkelheit hatte indes Besitz von der Erde ergriffen und umhüllte uns mit ihrem dicken Mantel. Wir rückten noch dichter zusammen und versuchten so, uns wenigstens ein bisschen gegenseitig zu wärmen. Doch es blieb bei einem armseligen Versuch, denn uns beiden war so kalt, wie noch nie zuvor. Die Erschöpfung ließ uns schließlich in einen wenig erholsamen Schlaf gleiten, aus dem schon so mancher, in ähnlicher Situation, nicht mehr erwacht war. Ein traumloser Schlaf, in völliger Dunkelheit, folgte. Ich musste dem Tode schon sehr nahe gewesen sein, denn das Einzige, an das ich mich erinnerte, war ein wunderschönes, warmes Strahlen, dem ich damals nur allzu gerne gefolgt wäre. Zu meinem Glück wurde ich plötzlich recht unsanft, durch das nicht mehr endenwollende Schütteln von Cirrus, wieder ins Leben zurückgerufen.

In letzter Sekunde, denn ich fühlte meinen Körper kaum noch und es fiel mir schwer, die Augen zu öffnen. Verschwommen erschien sein Gesicht vor meinen Augen und ich musste lächeln. So hatte ich mir unser Wiedersehen nicht vorgestellt. Scheinbar hatte ich die ganze Nacht in einem Zustand ohnmächtigen Dösens zugebracht, denn das noch schwache Licht der Morgendämmerung begann unserer Umgebung bereits erkennbare Konturen wiederzugeben. Das Schneetreiben hatte nun endlich aufgehört und so beschlossen wir, zu versuchen, unseren Schlag wiederzufinden. Cirrus schwang sich als Erster in die Lüfte. Er schien von deutlich robusterer Natur zu sein, als ich, denn ich konnte kaum mehr meine Flügel öffnen. Sie schienen taub zu sein. Jegliches Gefühl war abhanden gekommen, doch je länger ich meine Schwingen auf und ab bewegte, desto mehr schien das Leben in sie zurückzukehren. Mit dem bisschen Leben, kamen auch die stechenden Schmerzen. Mit schmerzverzerrtem Gesicht folgte ich Cirrus und war sichtlich erleichtert, als nach wenigen Flugminuten mein Heimatschlag in unserem Sichtfeld auftauchte.

ERSCHÖPFUNG UND KRANKHEIT

Der Schlag war offen und so schaffte ich es mit letzter Kraft, hineinzuspringen und meinen Platz aufzusuchen. Die Nacht, im Freien, hatte so sehr an mir gezehrt, dass ich sofort in tiefen Schlaf fiel. Träume, von meinem Retter, Cirrus, begleiteten mich. Doch selbst dieser Schlaf ermöglichte es mir nicht, mich zu erholen. Ich zitterte immer noch und musste recht erbärmlich ausgesehen haben, denn bei seinem nächsten Routinebesuch, nahm mich unser Versorger mit.

Er hielt mich fest und durch die Wärme seiner Hände regten sich in mir die ersten Lebensgeister. Er brachte mich in sein zu Hause, damit ich mich erholen konnte. Dort war es angenehm warm und so fiel ich erneut in tiefen Schlaf. Doch als ich wieder erwachte, war das Zittern einer alles verbrennenden Glut gewichen und rasender Kopfschmerz peinigte mich. Ich hatte hohes Fieber und ohne entsprechende Behandlung hätte ich die Meinen wohl nie mehr wieder gesehen. Meine Flügel hingen schlaff an den Seiten herab und meine Augen und Nase wollten gar nicht mehr aufhören zu rinnen. Ich war kaum noch fähig, gerade zu sitzen und taumelte im Käfig umher. Hunger und Durst hatte ich nicht und so wurde ich schwächer und schwächer. Meinem Versorger war dieser Zustand nicht entgangen und so packte er mich abermals und schob mir ein seltsames, braunes

Korn in den Mund. Es fiel mir schwer, es zu schlucken, denn mein Mund war ausgetrocknet und so fing ich an zu würgen. Blitzschnell träufelte mir der alte Mann ein wenig Wasser in den Schnabel und sprach mit beruhigender Stimme zu mir. Endlich schluckte ich und sein Gesicht verzog sich zu einem breiten Lächeln.

Der Schlaf nahm abermals Besitz von meinem Körper, doch mein Geist ging währenddessen auf Reisen. Ich flog im endlosen Blau. Cirrus war immer an meiner Seite und ein sanfter Sommerwind umspielte unsere Körper.

Erholt und in wesentlich besserer Verfassung erwachte ich am nächsten Morgen. Das Glühen war abgeklungen und zum ersten Mal, seit Tagen, verspürte ich das Verlangen nach Nahrung. So machte ich also den ersten, großen Schritt ins Leben zurück und labte mich ausgiebig an den Körnern der Futterschüssel. Einige Tage war es mir nun noch vergönnt, mich in der Wärme zu erholen, doch dann durfte ich endlich zurück, zu den Meinen.

WINTERFREUDEN

Ich wurde gar freudig empfangen, als ich wieder in den Schlag zurückkehren durfte. Alle liefen mir entgegen und fragten mich nach meinem Befinden. Doch ich musste gar nicht antworten, denn der zurückgekehrte Glanz meiner Augen sprach Bände.

Das Wetter hatte sich unterdessen auch gebessert und so war die unfreundliche Niederschlagsfront einem winterlichen Hochdruckgebiet, mit strahlendem Sonnenschein, gewichen. Es war zwar immer noch bitter kalt, doch der beißende Wind war verstummt und die Sonne verwöhnte uns mit der so lange vermissten und dringend benötigten Lebensenergie. Die Tage waren kurz geworden und so hatten wir wenig Zeit, unsere Flüge zu absolvieren. Tag für Tag wurde der Einflug geöffnet und Tag für Tag wurden unsere Kondition und unser Durchhaltevermögen besser. Nur Cirrus konnte ich auf keinem unserer Flüge entdecken und so machte ich mir mehr und mehr Sorgen.

In bester Verfassung schwangen wir uns abermals in die blaue Unendlichkeit und die Hoffnung, IHN wiederzusehen, begleitete mich bei jedem Flügelschlag. Die tausenden Schneekristalle, unter uns, glitzerten und strahlten im Licht der tief stehenden Wintersonne. Sie reflektierten das Licht, wie tausende Diamanten und verwandelten alles ringsum in eine zauberhafte Märchenwelt.

Die Luft schien glasklar zu dieser Jahreszeit, frei von jeglichem Dunstschleier und die Sicht war berauschend. Kilometerweit konnten wir unseren Blick über das Land schweifen lassen und uns in der strahlenden Winterlandschaft verlieren. Im Winter flogen wir nicht ganz so hoch, wie während dem restlichen Jahr und so blieb uns der Blick, auf die verzaubert glitzernde Märchenwelt, während des ganzen Fluges erhalten. Geblendet von diesem atemberaubenden Schauspiel, merkte ich erst gar nicht, dass ich Gesellschaft bekommen hatte. Cirrus flog in absolutem Gleichklang neben mir. Unbändige Freude zauberte mir ein Lächeln ins Gesicht, das selbst das Glitzern der Schneekristalle bei Weitem überstrahlte. Berauscht und benommen von der Magie dieses perfekten Augenblickes glitten wir, der Schwerkraft trotzend, am Firmament dahin. Wie lange hatten wir beide auf einen solchen Tag gewartet!

Dies sind DIE Momente, für die jedes Lebewesen, auf Erden, geboren wurde und für die es sich sogar lohnen würde, zu sterben...

Sein Blick ruhte während des ganzen Fluges auf mir und auch mir war es unmöglich geworden, den Blick von ihm abzuwenden. So kreuzten wir, verbunden durch das untrennbare Band der Liebe, durch den winterlichen Himmel. Erst ließen wir uns, mit weit ausgebreiteten Schwingen, der Erde entgegen gleiten, dann wieder kehrten wir mit kräftigen Flügelschlägen zur Gruppe zurück, um uns kurz darauf in einem waagemutigen Sturzflug, gänzlich der Schwerkraft zu ergeben. Zugleich öffneten wir dann, mit aller Kraft, unsere Flügel, um das Ende des Fallens einzuleiten und stiegen binnen weniger Minuten wieder empor in die Unendlichkeit des Firmaments. Doch die Sonne ging nur allzu schnell unter und machte unserem ausgelassenen Spiel, zumindest für heute, ein Ende. Müde und erfüllt von der Einzigartigkeit des perfekten Moments trennten sich unsere Wege und in stummem Einverständnis kehrten wir zu unseren Heimatschlägen zurück.

VOLLMOND

Selbst des Nachts flog ich weiter, mit Cirrus an meiner Seite.

Doch plötzlich, als ich im Traum eben ins Sonnenlicht einzutauchen schien, ließ mich ein noch nie zuvor gehörtes Geräusch aus dem Land der Illusionen empor schrecken. Es machte den Anschein, als ob zwei Monster miteinander kämpfen würden. Ein Pfauchen und ein Geschrei, das mir die Nackenfedern aufstellte und kalte Schauer den Rücken hinunter jagte. Hilfesuchend sah ich mich im Schlag um, doch die Anderen schliefen. Draußen war es taghell erleuchtet, denn der Vollmond tauchte alles in sein kaltes, gespenstisches Licht. Vorsichtig beäugte ich die Umgebung, doch ich konnte nicht erkennen, woher die schrecklichen Laute kamen. Langsam fiel Nebel ein und mit ihm verstummten die beängstigenden Geräusche. Die wandernden Nebelschwaden hatten die Monster mit sich genommen. Hell erleuchtet vom fahlen Schein des Mondlichts fiel immer mehr Nebel ein, bis auch die letzten klaren Konturen zu verschwimmen begannen und sich die Welt in eine trübe Nebelsuppe verwandelte. Der Sicht beraubt, kehrte ich wieder auf meinen Platz zurück. Meine Augen begannen langsam wieder zuzufallen, doch kurze Zeit später riss mich ein ohrenbetäubendes Geschrei abermals aus dem Halbschlaf. Der Nebel hatte sich wieder gelichtet und so konnte ich diesmal genau erkennen, woher das Geräusch kam. Mitten im Schnee, umgeben vom funkelnden Glanz, der vom Mondlicht beschienenen Schneekristalle, trugen zwei wunderlich aussehende Wesen einen Kampf aus - Einen Kampf auf Leben und Tod, wie mir schien. Das Mondlicht spiegelte sich in ihren gelben Augen und ließ sie gefährlich aufblitzen. Ich duckte mich instinktiv, versuchte mich im Schatten zu verbergen und wagte kaum mehr, zu atmen. Ihre spitzen Zähne glänzten im Mondlicht und ihr Körper war bedeckt von dichtem, dunklem Fell. Sie hatten absolut nichts gemein mit unserer Rasse und so kam ich schließlich zu dem Schluss, da wir ja Wesen des Himmels waren, dass diese Beiden, soeben der Unterwelt entstiegen sein mussten. Kurze Zeit später nahm der Kampf ein jähes Ende und die beiden Kreaturen zogen humpelnd von dannen.

Ich musste jetzt erst einmal wieder zur Ruhe kommen, denn mein Herz raste immer noch und so war es mir unmöglich, weiterzuschlafen. Die anderen schliefen immer noch und so beschloss ich, mich ein wenig im Einflug abzukühlen. So saß ich also ganz alleine hier, beschienen vom fahlen Licht des Mondes. Mein weißes Federkleid leuchtete förmlich in seinem Schein und die Schneedecke reflektierte und brach sein Licht. Ich atmete mehrmals tief durch. Mein Herzschlag normalisierte sich und die Müdigkeit kehrte langsam in meine Glieder zurück. Wenig später war es mir kaum mehr möglich, meine Augen offen zu halten und so suchte ich bald meinen Schlafplatz auf, um mich der süßen Nachtruhe hinzugeben.

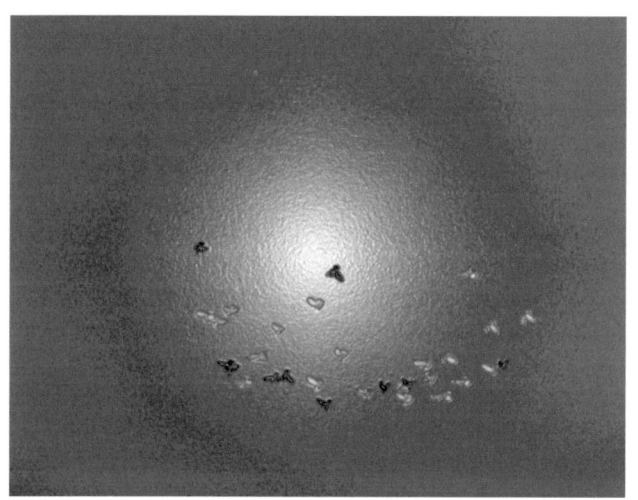

FÜR IMMER VEREINT...

Der nächste Morgen kam schneller, als mir lieb war, denn die Aufregungen der letzten Nacht waren nicht spurlos an mir vorüber gegangen. Ich fühlte mich müde und abgeschlagen. Der Flug, der dieser Nacht folgen sollte, würde wohl kaum zu jenen einprägsamen, berauschenden Erlebnissen gehören, an die sich jede Taube am Ende eines Tages gerne zurückerinnert. Doch die Sehnsucht, IHN wiederzusehen, besiegte schließlich die Müdigkeit und so erhob ich mich mit den Meinen ins Azur farbene Blau. Die Strahlen der Sonne gewannen schon wieder täglich an Kraft und die Tage wurden bereits spürbar länger. So war es uns möglich, unsere Ausflüge jeden Tag ein wenig zu verlängern. Die Energie der Sonne war schon deutlich zu spüren. Sie hauchte unseren Körpern neues Leben ein, befreite unser Innerstes von dunklen Gedanken und ließ den Schnee schmelzen, so dass immer mehr grüne Flecken, inmitten der weißen Winterlandschaft, sichtbar wurden. Wir stiegen, durch warme Luftströmungen ermöglicht, zum ersten Mal, nach langer Winterpause wieder in jene Höhen empor, in der sich unsere Träume manifestierten. Die letzten Fesseln irdischen Daseins abgelegt, verloren wir uns bald in perfekter Harmonie in der unendlichen Weite. Auch Cirrus hatte den Weg zu uns gefunden und so stand einem perfekten Flug eigentlich nichts mehr im Wege. Die Erlebnisse der letzten Nacht schienen mit einem Male wie weggewischt und von Müdigkeit war keine Spur mehr da. Ich erfreute mich an meinem Dasein. Ich war glücklich, eine Hochflugtaube sein zu dürfen und mein Herz jauchzte. Wieder und wieder ließen wir uns, in absoluter Harmonie, hinab gleiten, um dann wieder an Höhe zu gewinnen und ins gleißende Licht einzutauchen. Geblendet vom Strahlen und berauscht von der Magie des Fliegens zogen wir immer neue Schleifen und Kurven. Im Bann der Höhe ließen wir uns hinab trudeln, um dann, durch das Ausbreiten unserer Schwingen die Bewegung wieder umzukehren und von vorne zu beginnen. Während des ganzen Fluges fühlte ich die Nähe meines Geliebten und seine Anwesenheit war, selbst ohne Blickkontakt, allgegenwärtig. Ich fühlte ihn, ich wusste, was er dachte, was ihn bewegte. Verloren im Taumel der Sinne ließen wir uns abermals der Erde entgegen gleiten, nur diesmal stoppten wir erst sehr viel später. Wieder freigegeben vom Bann der Unendlichkeit, erschienen die ersten Konturen irdischer Existenz vor unseren Augen. Wir schwebten in sanften Kurven und Bögen der Erde entgegen und so hörten Cirrus und ich den ohrenbetäubenden, tödlichen Schrei zu spät. Abgelenkt und dem irdischen Dasein, mit all seinen Gefahren, entrückt, hatten wir dem bedrohlichen Schatten, der plötzlich die Sonne verdunkelte, keinerlei Bedeutung geschenkt. Das Rauschen seiner Federn kam uns schon bedrohlich nahe, als wir uns endlich der Gefahr bewusst wurden und uns in freiem Fall der Erde entgegen gleiten ließen. Doch es war zu spät. Schon spürte ich einen stechenden Schmerz, der meinen Körper durchbohrte. Meine Sinne schwanden und mir wurde augenblicklich schwarz vor Augen. Mein letzter, suchender Blick galt Cirrus. Doch ich konnte ihn nirgends erblicken.

Das waren die letzten Erinnerungen an Schmerz und Leid meiner irdischen Existenz. Vom Ballast des Körpers befreit, schwebte ich wenige Sekunden später über der Szenerie des Grauens und musste mit ansehen, wie sich mein lebloser Körper in den Fängen des Greifvogels befand. Ich hätte laut schreien wollen, in diesem Moment, doch solch irdische Ausbrüche waren mir nicht mehr möglich. Ich folgte meinem Mörder, der die leere Hülle, meines irdischen Daseins immer noch fest umklammert hielt. Meine Schwingen und mein Kopf hingen schlaff zu Boden. Die letzte Energie war aus meinen Zügen gewichen und Verzweiflung und Panik bemächtigten sich meines Seins. Wo war ich? Was war ich? Und vor Allem: Wo war ER? Wann und wie würde ER den Weg zu mir finden? Solch düsteren Gedanken erlegen, merkte ich erst gar nicht, dass ER schon längst bei mir war.

Unser Strahlen erhellte den Himmel bis zum Horizont – Mein Traum war wahr geworden. Schmerz und Leid lagen weit hinter uns und so begannen wir höher in den Himmel aufzusteigen, als es eine Taube jemals getan hatte. Ein neues Tor hatte sich für uns geöffnet.

Eine neue Welt wartete nur darauf, von uns entdeckt zu werden und so verloren wir uns schon bald, ganz ohne Mühen und Anstrengungen, im gleißenden Licht der strahlenden Sonne.

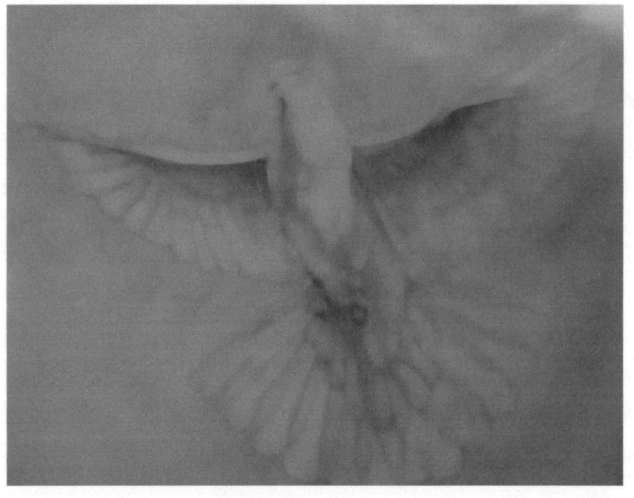